中国少儿
科幻文艺百家谈

主编　董仁威

长江出版传媒　｜　长江少年儿童出版社

图书在版编目（CIP）数据

中国少儿科幻文艺百家谈 / 董仁威主编 . —武汉：长江少年儿
童出版社，2022.10

ISBN 978-7-5721-3346-6

Ⅰ . ①中… Ⅱ . ①董… Ⅲ . ①儿童小说－幻想小说－小
说研究－中国－当代－文集 Ⅳ . ① I207.8-53

中国版本图书馆 CIP 数据核字（2022）第 163339 号

ZHONGGUO SHAOER KEHUAN WENYI BAIJIATAN

中国少儿科幻文艺百家谈

出 品 人：何 龙
总 策 划：何少华
执行策划：傅 篾 谢瑞峰
责任编辑：宋传珠
封面设计：徐 晟
制作排版：昊雅工作室
责任校对：邓晓素
督 印：邱 刚
出版发行：长江少年儿童出版社（集团）有限公司
电 话：（027）87679199
网 址：http://www.cjcpg.com
承 印 厂：湖北新华印务有限公司
经 销：新华书店湖北发行所
规 格：720mm×1000mm 1/16
印 张：10.75
字 数：148 千字
版 次：2022 年 10 月第 1 版 印 次：2022 年 10 月第 1 次印刷
书 号：ISBN 978-7-5721-3346-6
定 价：98.00 元

本书如有印装质量问题，可向承印厂调换。

 目录

少儿科幻
面面观

我的少儿科幻文学观

刘慈欣

　　科幻小说与少年儿童有着天然的联系,小读者对自己降临不久的世界的好奇心和想象力,对宇宙万物虽然稚嫩但饱含着哲学色彩的追问,这些都构成了科幻文学的精神内核和魅力来源。过去,童话提供了童年的想象世界,随着年龄的增长,由童话构成的想象世界终将破灭与消失,孩子的成长过程,就是童话破灭和消失的过程。随着他们的成长,科学幻想走着一条与童话幻想相反的路。少年时代读过的科学幻想不会像童话幻想那样消失,随着时代的发展,反而会变得越来越真切。与童话和其他的幻想文学相比,科幻小说以完全不同的方式,对小读者的未来产生更加深远的影响。少儿科幻是一个充满生命力的文学体裁,它在科幻文学与少儿文学中的位置都是不可替代的。

　　近年来,国内少儿科幻文学取得了很大的发展,涌现出了一批优秀的作者和受到小读者喜爱的科幻作品,科幻已经成为少儿阅读的一个重要组成部分,也日益受到重视,但少儿科幻的发展与时代的要求相差甚远。国内的少儿科幻文学仍然有巨大的潜在读者群和发展空间有待开拓,少儿科幻文学自身独特的创作和出版规律也还有待于进一步探索。

（2021 儿童科幻星云大会开幕词）

中国少儿科幻文艺初探

董仁威

当前中国少儿科幻快速发展,已经突破了单纯的少儿科幻文学的范畴,衍生出诸如科幻漫画、科幻动画、科幻曲艺等多种艺术形式。笔者认为可以用"少儿科幻文艺"这一概念进行界定。只有同时重视少儿科幻文学与少儿科幻艺术的发展,才能形成少儿科幻的全产业链,促进少儿科幻产业的发展。

一、少儿科幻文艺

1. 什么是"儿童"?

作为对人生特定成长阶段的指称,"儿童时期"这一概念泛指未成年人时期。但在两种不同的语境下,"儿童"存在广义和狭义之别。

在本文中,我们主张从广义范畴来看待"儿童",即"儿童"是指18岁以下的未成年人。

2. 什么是"少儿科幻文艺"?

笔者考虑到目前少儿科幻的发展,不仅仅是少儿科幻文学,还有少儿科幻艺术。只有同时重视少儿科幻文学与少儿科幻艺术的发展,才能形成少儿科幻的全产业链,促进少儿科幻产业的发展,因此,提出少儿科幻文艺这一概念。

所谓"少儿科幻文艺",简言之,就是以儿童为对象创作的科幻文学与艺术作品,包括科幻小说、科幻童话、科幻诗、科幻散文、科幻美术、科幻动漫、科幻影视、科幻戏剧、科幻曲艺、科幻音乐、科幻展品、科幻游戏及各种科幻衍生品等。

二、少儿科幻文学

1. 什么是"文学"?

文学是人类独有的智慧结晶之一。它以不同的体裁——小说、诗歌、散文、剧本、寓言、童话等,用独特的语言艺术表现人类独特的心灵世界,再现一定时期和一定地域的社会生活。

2. 什么是"科幻文学"?

将科学幻想融入文学作品之中,创作出的独特类型的文学作品。

3. 什么是"少儿科幻文学"?

以儿童读者为预定读者对象,根据这一群体的知识基础、身心特点,以儿童喜闻乐见的方式写作的科幻文学作品。简言之,就是将童心、童趣融入科幻文学之中,创作的类型童书。

少儿科幻小说根据不同年龄段、学龄段及不同目的,又可分为各种分类型。

具体来说,按照不同年龄段和生理特征,可分为青少年科幻小说、少年科幻小说、低幼科幻作品。

(1)青少年科幻小说。青少年科幻小说,读者对象为高中阶段的青少年,可上延至大学阶段的青年,是少儿科幻文学与青年科幻文学之间的边缘类型。

青少年科幻小说,根据题材分,可再细分为青春科幻小说、宇宙探索科幻小说、地外文明科幻小说、新人类科幻小说、历史科幻小说、赛博朋克科幻小说、灾难科幻小说等。

(2)少年科幻小说。少年科幻小说是针对 11 岁至 14 岁年龄段,处于青春期初期少年的文学作品。

少年科幻小说面对的是进入自我意识觉醒的青春期的少男少女。他们从幼稚走向半成熟,自我意识迅速发展,开始有了自我评价能力,逐渐形成一定形式的自我价值观和自我认识能力,不断探求人生道路和选择自己的发展方向,对世界充满好奇心和想象力。

他们正在实现从依赖性到独立性的转变,想独立思考、独立生活,但是,由于知识底蕴、生活能力欠缺,又不得不依赖父母、教师及社会。

他们从冲动性走向自觉性,有了用理性约束冲动性的初步能力,不再那么任性妄为;情感丰富,脱离了童年期幼稚型情感,逐渐向高级社会性情感发展,表现为具有一定群体感、道德感、美感、社会责任感,向往美好理想的成熟型情感。

总之,这是一个人"三观"及个性形成的关键时期。因此,少年科幻小说作者必须针对这些孩子的特点,创作出引导其形成正确的世界观、人生观、价值观的优秀作品。

少年科幻小说针对少年不同的爱好,又可再细分为少年冒险科幻小说、少年推理科幻小说、少年军事科幻小说等。

(3)低幼科幻作品。可细分为绘本式科幻故事、漫画式科幻故事、童话科幻故事,以及带有一定玄幻色彩的科幻小说等。

4. 其他少儿科幻文学类型

(1)科幻童话

童话＋科幻,以融入童话元素而创作的科幻作品。如杨红樱的《荒漠小精灵》、李丹莉的《小松的微信》等作品,将科学、幻想与童话等元素巧妙融合。

(2)少儿科幻诗

以诗歌形式创作的少儿科幻文学作品。哈瑞·马丁松的经典科幻史诗《阿尼阿拉号》由 103 首诗呈现一个恢宏悲壮的太空故事,其中有些诗歌就带有典型的儿童性,是少儿科幻诗的代表作。

此外,在少儿科幻剧本、少儿科幻散文等领域,也有许多作家在进行探索。

三、少儿科幻艺术

1. 艺术

现代艺术包括绘画、雕塑等美术作品,音乐、舞蹈等表演节目,相声、脱口秀等说唱类的语言节目,戏剧、电影等综合艺术作品,室内外 LED 超大屏幕图像展示及 VR、AR、全息技术作品等。

2. 科幻艺术与少儿科幻艺术

将科幻元素融入艺术作品之中,便是科幻艺术。而将"童心""童趣"融入科幻艺术之中,便是少儿科幻艺术。

3. 少儿科幻艺术的类型

(1)少儿科幻美术。以儿童为对象,以绘画形式创作的科幻艺术作品,是具有科学性和创造性想象力的儿童美术作品,是对儿童进行科学教育、美育和创造力培养的极佳艺术形式。在少儿科幻美术杂志方面,创刊于 2002 年的《科幻画报》,是一本以科幻作品为主导,以 9～14 岁中小学生为读者对象,以轻松幽默的卡通形象为表现形式,以漫画故事连载为主要内容的全彩少儿科幻美术杂志。

(2)少儿科幻动漫和影视。一直以来,以儿童为对象,以动漫形式或者影视剧形式创作的科幻动画、影视类作品,以其直观性、画面感和全新的视听效果,而拥有广泛的受众,也产生巨大的社会影响力。比如陪伴一代人长大的《哆啦 A 梦》,还有经典科幻动画片《超能陆战队》等。在中国原创少儿科幻动漫和影视艺术的发展中,《霹雳贝贝》参与构建了改革开放新时期那一代人的童年回忆。近些年,也涌现出《飞向月球》《未来机器城》

等少儿科幻影视和动漫作品。

(3)其他少儿科幻艺术类型。除了影响力比较大、受众面比较广的科幻美术和科幻动漫作品外,少儿科幻艺术中还包括以儿童为对象,以戏剧形式创作的少儿科幻戏剧;以儿童为对象,以曲艺形式创作的少儿科幻曲艺作品;以儿童为对象,以音乐形式创作的少儿科幻音乐(含歌唱)作品;以儿童为对象,在各种场馆、专业科幻游乐园及学校建立的科幻展品,或者使用 AR、VR、全息技术、LED 大屏幕展示科幻场景的少儿科幻展品;以及以儿童为对象,以游戏形式创作的少儿科幻游戏,和其他各种科幻衍生品。

结　语

随着社会发展进入新的阶段,中国原创科幻文学和原创科幻影视在快速发展。相信在多方社会力量的推动下,少儿科幻正成为当下文学艺术创作及产业孵化领域的"风口"。期待中国少儿科幻文学和少儿科幻艺术能齐头并进,如此才能形成少儿科幻的全产业链,也才能以更加丰富多彩的形式,为中国儿童创造力、想象力的培养贡献力量。

蜕变、分化与成长

——中国少儿科幻小说发展研究

姚利芬

中国的科幻小说在改革开放新时期开始走向分化,陆续出现了以张之路、杨鹏等为代表的少儿科幻小说作家。新世纪初,尤其在 2015 年刘慈欣摘得"雨果奖"后,不管是创作人才的培养,还是出版传播等,均发生良性改观,催生出一批少儿科幻小说作家。这时的作品主要集中在"超人""生态""成长""侦探""探险"等主题,总体呈现出"类科幻""超文本"的特征。

少儿科幻小说,是指为少年儿童创作的,适合其年龄特点、阅读欣赏水平与审美需求的科幻作品。该类小说以适宜少儿理解的科学设定为基础,铺设引人入胜的故事情节,除了具有一般文学作品的功能外,还有培育少儿科学态度、科学思维以及锻炼想象力的功能。在中国现代文学中,儿童文学常常被归入副文学的等级秩序,鲍尔迪克认为,副文学指的是位于文学秩序的边缘地带,虽不乏具有与"正典"相似的文本特征,但仍被定为"次等"的文学。沿着这个逻辑继续推衍,少儿科幻小说在儿童文学这一"副文学"中的等级秩序,也处于"副的""非主流"的坐标系。这种"双副"的处境,使得少儿科幻小说的历史关注度极低。

然而,随着科幻小说、科幻电影近年走热,尤其是 2019 年春节《流浪地球》的热播引发的溢出效应,更是带动了少儿科幻小说板块整体销量的飘红。由小当当童书馆出品的《流浪地球》,收录《超新星纪元》《流浪地球》

等小说,在当当童书畅销榜上遥遥领先①。

据笔者初步统计,近三年来,每年以"少儿科幻小说"为名的首版或再版图书计百余种。本文在回顾少儿科幻小说发展史的基础上,从当前少儿科幻小说图书的出版、作品奖项的设置,以及人才培养等外部环境的发展状况入手,力图展现少儿科幻小说的栖居生态,并试图分析当前少儿科幻小说创作涌现出的主题及审美特质。

一、逐渐走向分野的少儿科幻小说

中华人民共和国成立之初的中国科幻小说,受政治、文化、科技政策的影响,以少儿为潜在阅读对象进行创作的作家,可以说基本没有。当时,创作类型多为"科普式科幻故事"。新时期后,科幻小说创作呈现出更为丰富的样貌。如果说,20世纪五六十年代的科幻小说创作,大多还是基于某个科普点而衍生出来的科幻故事,那么,到了改革开放的新时期,在"科学的春天"这一社会语境下的中国科幻小说的第二次发展高潮中,创作者则开始试图摆脱科普与少儿定位的限制,向社会化时期过渡,朝着成人化(抑或是"无龄化")的文学场位移,着力创作故事性、文学性、可读性强的科幻小说。科幻小说的亚类型(科幻悬疑小说、科幻侦探小说等)作品骤然增多。从20世纪80年代直至20世纪90年代上半叶,科幻小说创作整体上遭遇冷冬,少儿科幻小说创作更是青黄不接。具体表现为老作家苦撑局面,而新生创作力量迟迟难以出现。这种冷寂的局面直到20世纪90年代后半叶才略有改观。一方面,是科技发展开始逐渐超越人类的驾驭能力,基因工程、"千年虫"等科技新现象的出现,无疑是对科幻小说创作的一种助推;另一方面,创作赛事等活动的开展,也有助于对少儿科幻小说作者的发掘。1997年,由文化部(现文化和旅游部)牵头,山西希望

---

① 张北.2019会是科幻出版的新纪元吗? [J].出版人,2019(4).

出版社具体组织,14家少年报刊社联合举办了"中华少儿科幻小说大赛"。大赛历时一年,收到来自全国21个省、自治区、直辖市的5万份成人作者和少儿作者的来稿。

后来,这次征文结集为《"克隆"太阳——中华少儿科幻小说大赛获奖作品集》出版。

就当时的少儿科幻小说创作来看,除了已到中年的作家张之路仍在进行少儿科幻小说创作,并连续摘得全国优秀儿童文学奖中的"科学文艺奖"外,吴岩、星河、杨鹏等作家也加入创作队伍,各有少儿科幻小说产出。吴岩与郑文光合作的《心灵探险》,将超心理学运用到了科幻小说创作之中,对少儿科幻小说的创作题材是一大开拓。星河则将自己的童年与少年时代的生活经验融入《网络游戏联军》的幻想写作之中。杨鹏是这几位作家中明确以少儿读者为定位来进行创作的作家。他于1996年发表的"校园三剑客"系列小说,设计了二男一女组合的校园少年形象。杨歌和张小开,分别是具有超能力和电脑技术过人的少年,少女白雪精通生物知识。"三人组"一往直前,无坚不摧,探求百慕大、尼斯湖水怪等各种世界级难解谜团(《生死百慕大》《尼斯湖怪兽》),解决由玩偶引发的"人偶之战"(《北京玩偶》),探索N代后人类的生存困境(《终极幻想》)。杨鹏坚持以消费为导向的创作,因此,他"生产"出的类型小说,具有批量工业化产品的特点,重视情节的铺叙,疏于个体人物的刻画,人物形象公式化、符号化,也因此更容易令读者识记。

进入新世纪后,科幻小说创作在20世纪80年代初发展的基础上,进一步走向读者细分阶段,关于成人科幻小说与少儿科幻小说的议题,争论得较以往更为激烈,其分野也愈发明显。2003年8月6日,葛红兵在《中华读书报》发表《不要把科幻文学的苗只种在儿童文学的土里》一文。他认为,儿童文学的土壤不够肥沃——其作品大多幼稚,缺少深度,不可能长出科幻文学的参天大树[1]。韩松则发表了更为激进的《科幻,拒绝为少

---

[1] 葛红兵.不要把科幻文学的苗只种在儿童文学的土里[N].中华读书报,2003—08—06.

儿写作》一文,试图为科幻"正名",表明了身为一名科幻作家力脱"少儿"文学束缚的立场。由上述现象可以看到,评论界、创作界意识到了科幻文学长期以来被归入儿童文学旗下所带来的诸多问题,并试图以矫枉过正的激烈姿态,将科幻文学从少儿文学的"母体"中剥离出来,尽管这种剥离的过程不无偏见。

二、涌动的少儿科幻小说潮

步入 21 世纪的第二个十年,尤其是在《三体》摘得"雨果奖"之后,科幻文学越来越被关注,这为少儿科幻小说营造了良好的发展环境。少儿类科幻图书出版渐呈丛书化、系列化的趋势。据笔者初步统计,近五年有近 50 家出版社在出版少儿科幻小说丛书,2017 年和 2018 年度都有几十种少儿科幻小说类图书出版。例如"小飞龙少儿科幻丛书""清华少儿科幻系列丛书""中国当代少年科幻名人佳作丛书"等。然而,对于出版市场和庞大的阅读消费市场而言,中国从事少儿科幻小说创作的作家基数仍然有限。于是,出版社将面向成人创作却相对适合少儿阅读的科幻小说,重新包装编入"少儿科幻系列"。其中,被编选作品最多的作家无疑是刘慈欣。不过,刘慈欣称自己没有专门为少儿创作过科幻作品。2015 年,某出版社出版"刘慈欣少年科幻科学小说系列",将刘慈欣之前出版过的作品进行了重新包装,然而,该套书"科幻科学小说"的命名侧面映射了编者对科幻文类认知上的犹疑和随意。《超新星纪元》经常被选入各大出版社的"少儿科幻系列"之中,对于这部小说,刘慈欣在接受笔者专访时称,《超新星纪元》就像《蝇王》,虽然写的是发生在少儿身上的事情,但不能因此就认定是少儿作品。选择儿童视角切入,可能只是作者的叙事策略,为了更好地推进思想实验,由此进行人性的探讨。

少儿科幻创作赛事和培训也在近十年步入常态化,发掘了一批有志于从事少儿科幻创作的成人作家和少儿作者。由中国作协主办的"全国优秀儿童文学奖"从第九届(2013 年)开始,不再设立"科学文艺"奖项,改设"科幻文学"奖项。饶有意味的是,刘慈欣的《三体Ⅲ·死神永生》摘得第九届"科幻文学"奖项。《三体》获"儿童文学奖",一是由来已久的历史性渊源。中华人民共和国成立以来,科幻文学就被归入儿童文学麾下,中国作家协会相关建制、赛事也依循此例。二是由于科幻文学与生俱来的"儿童性"。诸如对新世界的向往、对宇宙奥秘的好奇、对未来的展望,在很多人看来,成人、少儿的分界并不像主流文学中的分野那么明显。

专门针对中学生,尤其是以高中生为主的"全国中学生科普科幻作文大赛"旨在发掘新的创作力量,该赛事由中国科普作家协会主办,自 2013 年推出,设置了科普、科幻两组奖项,每年吸引了超过 10 万学生的参与。与各类奖项交相辉映的是,针对科幻作家的培训项目也如雨后春笋般出现。中国科普作家协会自 2017 年组织实施"科普文创——科普科幻青年之星计划",通过竞赛和培训促进交流,支持青少年创作。

三、当前少儿科幻小说的创作主题与审美特质

2010 年之后,少儿科幻小说与成人科幻小说的分野愈加明显,从作家作品数量、活动赛事等方面来看,均较以往有很大突破。与以往的"少儿科幻小说"不同的是,这一时期初步形成了"专业"的少儿科幻小说创作群体,他们有明确的"为孩子写作"的意识,秉承的创作理念多是"文学本位",而非"服务科学"。目前,从事少儿科幻小说创作的作家主要分为四类。第一类是有明确的少儿科幻小说的创作意识、为儿童写作的成人作家。马传思、杨鹏、超侠、陆杨是代表人物。第二类是主要从事成人科幻小说创作的作家,偶尔从事少儿科幻小说创作。第三类是主流儿童文学作家,偶尔从事科幻文学创作。葛红兵、赵华都创作过少儿科幻小说。也有作家在主流儿童文学和少儿科幻小说创作领域都取得很大的成绩,张之路是其中的代表。第四类是由少年儿童自己创作的少儿科幻小说。根

据王晋康对"核心科幻"的界定来看,这一时期的少儿科幻属于远离"核心"、略具有科幻特征,本质上更接近纯文学一端的"类科幻"①。

科学设定逸出了科普导向,更像是演绎情节的道具,俯拾即是的"黑匣子"也成为少儿科幻创作中的一大特征。此时的少儿科幻小说,还常与童话甚至神话等文类发生交叉,形成科幻童话、科幻神话等跨文类文本。就少儿科幻小说的亚类型而言,比较集中的有以下四种。

1."超人"类少儿科幻小说

"超人"意象是少儿科幻小说中常见的主题。20世纪五六十年代科幻小说中的"超人",主要借助科技力量产生。郑文光《海姑娘》中的姑娘小雪青,依靠人工腮下海遨游。童恩正的《电子大脑的奇迹》以一位在3个月里一共借走9万册各种文字的图书,平均每天阅读1000册的"超人"大学生杨琪设疑,随后谜底揭晓,这些书原来是给"超人"——电子大脑看的。电子大脑植入了精密的输入、翻译、归纳、演绎、推理等系统,阅读完书,还能对内容进行整理筛选,剔除冗赘无用的,留下有价值的信息,人们有需求时可询问电子大脑。这些科幻小说实际上意不在写"超人",而是歌颂"超科技",颂扬科技的宏伟与神奇。这种现象到了20世纪80年代的少儿科幻小说创作中已有改观,作家开始在"人"的形象上倾注笔力。张之路的《霹雳贝贝》刻画了饱满生动的"超人"——"带电的小男孩"的形象,已成为科幻创作史上一个经典符码。可以说,当前的少儿科幻小说创作中,几乎没有不重视人物形象的,这与刘慈欣提及的科幻意不在人物形象的刻画,而更着意于世界形象或是种族形象相迥异——实际上,刘慈欣这里更多的指向是成人科幻小说。尽管大部分少儿科幻小说中的超人形象好像出自同一作家之手,看上去似曾相识,极具雷同性,就像英国小说家福斯特所言的类型化、漫画式的"扁平人物",在小说叙事中更多是助推故事情节的棋子。不只是超人形象的类似,就连围绕"超人"展开的故事

---

① 王晋康.漫谈核心科幻[J].科普研究,2011(3).

形态也很相近：领受超能力（变身超人）—困于超能力（不能积极有效地驾驭超能力，因此闯祸）—与坏人搏斗，施展超能力（升格为超人英雄）—遇险获救—灾难解除—超人被解救—坏人受到惩罚—超人被认可—摆脱超能力（或与超能力和谐相处）。

王晋康的《少年闪电侠》和杨鹏的《超时空少年》，都是写超能力少年身上发生的故事。《少年闪电侠》中的朱小刚，因为偷喝了父母发明的能够迅速提升大脑反应速度的"神力1号"，变身"超人"闪电侠，文能考试"落笔如飞"，武能与邪教展开斗争。《超时空少年》是杨鹏"校园三剑客"系列中的一个故事。杨歌是"三剑客"之一，因为偶然进入四维空间的时间隧道，身体发生变异，由普通孩子变成超人，他借助超能力轻松地制伏银行劫匪，游戏顺利通关，达到极限速度。在这类小说中，儿童凭借机械、未来科技、特异功能、变异、外星文明获取某种超能力。如果说，20世纪五六十年代的科幻小说仍然是人物和科技"两张皮"，到了当下，科技等"异己超级力量"已经侵入人本身，二者做到了内嵌式无缝融合。诸种幻想均潜含同一心理倾向：靠超自然能力可瞬间达成愿望，不需要经历漫长的成长、教育的拓展、社会经验的累积等方式。如此，现实原则在少儿科幻小说这里被悬置，儿童本我唯上的"愉悦原则"跃居首位。如此，"超人"类作品以科学之名构建起了少年儿童的"超能力图腾"，其积极意义如陈恩黎所指出的："科幻小说中的机器图腾不是关于科学的，而是关于童年欲望的。当'永恒男孩'在机器图腾的庇护下游戏，并且用游戏战胜那个不道德的成人世界时，童话充满了对技术的崇拜。"然而，"永恒男孩"的"超能力图腾"终究只是一场意识形态框架内的游戏——对超能力的"滥用"必将回归正途，一场场"超能力大作战"背后不变的是拯救、友谊与对正义的颂扬。

2. 生态类少儿科幻小说

灾难主题的科幻小说在19世纪早已有之，古巴导弹危机使得科幻作家的目光从核问题投诸世界环境问题。20世纪90年代，生态科幻小说悄然成长为一支值得瞩目的文学流脉。许多作家开始倚借科幻小说的形式，进行生态思想实验，主张生态整体主义思想，思索人在自然中的位置，人与诸多物种的关系，探析生态危机的根源以及解决路径。意大利科幻作家弗朗西斯科·沃尔索由生态主义思想，提出"太阳朋克"的概念，其高效、低耗能、可持续的特征，旨在倡议对生态环境施以积极的影响。在生态主义思潮的影响下，一些少儿科幻小说作家也开始在作品中表达作家对生态环境、生态伦理的思考。郑重、彭绪洛、陆杨、王国刚都有生态主题的少儿科幻作品，涉及环境灾难、移民开发、物种关系等问题。郑重的新作《大海啸》依托"异时空"（即与现实空间处于不同空间的幻境）——木星星系展开生态叙事，思考的是人类移民木星星系后，应当怎样对待新家园的问题。是保留木星星系的原始状态，还是坚持开发？两大政治派别——空派和海派展开了殊死的斗争，背后是作者对生态问题的辩证思考。彭绪洛的《重返地球》通过离开地球 427 年的宇航员再返家园的故事，折射了作者的种种思考：环境恶化带来社会群体的加剧分化，人类的消失使得污染问题得以解决。陆杨的《绿星少年》以夸张和反讽的手法写了科学家们为了开采"绿星"上的植物能源，在森林里建起了很多植物能量的提取工厂，而这最终导致整个星球的爆炸。这些生态故事以未来幻想空间的生态恶化来反思现代文明，背后是作者的现实焦虑。作家将故事发生地置于拟想的外星球世界，实际却是地球故事的另类演绎，如王国刚在小说《天地奇旅》中对哲星星球的描述，令我们感到似曾相识：哲星人因为不重视生态环境的保护，妄自发展，导致其赖以生存的生态圈急剧恶化，人口无节制增长，对自然资源的需求剧增，最终掠夺性开发行为致使哲星上森林、山河黯然失色。这不是在写我们的地球吗？作者只不过是新瓶装老酒，将地球故事平移到了哲星上。这些小说大多仍然保持着凡尔纳式的乐观主义基调：灾难危机势必化解，环境恶化必然扭转，不同物种间必然能和谐相处。对生态危机的书写，本质上并未超越"现实 = 生态危机""幻想 = 和谐大同"的二元思考模式。

3. 成长类少儿科幻小说

张国龙将成长小说以广义和狭义进行二分,他认为,广义的成长小说指以成长主题为主,旨在书写成长的历时性脉络的小说;狭义的成长小说是指对青春期发生故事的摹写,或者说书写青春期少年繁复心路的文学①。成长是主流儿童文学经常涉及的一个主题,但在少儿科幻文学中鲜有狭义上的成长小说,多数着眼于情节而非人物,更遑论去关注人物内心情感世界的成长。近几年出现的作家马传思打破了这一局面,他入行较晚,起点较高,从创作起始就一直关注少年儿童成长的描写。作品以丰饶绮丽的幻想、百转千回的故事情节、鲜明的人物性格、汁液饱满的"儿童性",赢得了广大读者的喜爱。从《你眼中的星光》,再到后来的《冰冻星球》《奇迹之夏》《图根星球的四个故事》《蝼蚁之城》,马传思塑造了邂逅章鱼形外星人,正在经历着母亲患病的少女小凡;在冰冻星球上经历了亲人离去、家园消失、被"自己人"欺骗、被敌人追杀,最后踏上一条前途未卜之路的塞西;《奇迹之夏》中邂逅史前生物的少年阿星等形象。"超人"主题与成长主题的科幻小说分别朝向"轻"与"重"两种维度。从"轻"的一极来看,"超人"主题的科幻将人从"生命不能承受之重"中解脱出来,彰显出生命本真的狂欢和游戏的精神;从"重"的一极来看,成长主题的作品强化了科幻作品的哲思意识:直面个体生命必须面对的诸般困顿考验,每个人都必须直面死亡、疾病、孤独等生命沉重的部分,担负起对生命伦理与历史记忆言说的重任②。马传思在小说中处理"生命之痛"时,能以诗性、优雅、含蓄、空灵的方式表达残酷,书写苦难,描写成长,表现出一种轻逸之美。他在作品中常会为"待成长"的少年设计一位引路的长者。这些长者通常是离开(患病或是去世)的结局,由此引出少年如何对待死亡、疾病的思考。马传思的成长小说深化、开拓了少儿科幻小说的主题,使得少

---

① 张国龙.成长小说概论[M].合肥:安徽大学出版社,2013.

② 方卫平,陈恩黎.儿童文学中的轻逸美学[M].郑州:海燕出版社,2012.

儿科幻小说有了更丰富的言说维度。

4. 侦探、悬疑、恐怖、探险类少儿科幻小说

20 世纪 80 年代初掀起的通俗小说热,带动了科幻小说亚类型的发展,即在 20 世纪五六十年代的科普型科幻故事之外,将科幻与侦探、悬疑等元素结合,发展出惊险科幻小说、科幻侦探小说等子类型。叶永烈的"金明系列惊险科幻小说"是那一时期科幻侦探小说的代表,塑造了"科学福尔摩斯"金明这一英雄形象,涉及脑电波研究、克隆熊猫等众多高科技领域。小说节奏明快紧张,每节都解决一些问题,又留下新的悬念,尤得古代章回小说的精髓。当今,这种更具通俗意味的亚类型科幻在面向少儿的创作中继续发展。

放眼今天的少儿科幻小说创作,很容易找到这种风格的作品,超侠、谢鑫、姜永育、彭绪洛等是这一亚类型的代表作家。超侠的小说具有突出的超文本的特征,集悬疑、推理等元素于一身,在《超侠小特工》中塑造了破解一个个世界奇案的小学生侦探奇奇怪的形象。

彭绪洛主打探险小说,他将科幻与探险元素融合,其作品《宇宙冒险王》写了四位勇敢的地球少年在探索宇宙新能源的道路上发生的故事,颂扬了勇气、智慧与友谊。与超侠、彭绪洛天马行空的想象相比,谢鑫显得"中规中矩"。谢鑫以科幻侦探小说见长,遵从"本格推理"的原则,作品思维缜密,逻辑严谨。他尤擅创作微型科幻,也是为数不多的还在创作科普型科幻故事的作者。《乔冬冬的校园故事》收录了 30 多个微型科幻故事,围绕着主人公乔冬冬的生活经历,设计了一个个富有想象力的科学小点子,读来饶有趣味。

总体来看,近些年少儿科幻小说创作呈现出与以往不同的新样貌。这一时期的作家开始突破以往的想象框架,尝试在小说中架构全新的异世界。少儿科幻小说开始出现越来越多的,不仅仅是儿童科幻故事,而是更具备小说特质的文本,甚至是综合了童话、奇幻的超文本。所谓科幻的边界正在溢出,呈现出活泼跳脱的特质,形成了少儿科幻小说独特的审美

特征。就其效能而言,跳出了早期科幻的"实用"(科普)功能,更强调科幻场域下的美感传达——基于读者层面的美感阅读,是一种密集且有组织的特别的体验,是感官的、心智的、情绪的,并由此产生对社会的深刻了解。

科幻小说有天然的"儿童性",其主要读者对象是青少年。忽视这一点,就会缩小科幻小说的发展空间。欣喜的是,当前无论是出版界、创作界、学界,还是教育界,都意识到了少儿科幻小说的巨大创作及产业发展空间。尽管少儿科幻小说总体创作水准仍有待提升,但当前无论是从创作队伍还是作品数量来看,都初步形成了一定的规模,涌现出上文论及的以超人、生态、成长、悬侦等主题为主的科幻小说。这些作品不再像以往那样重视科学知识的传达。目前对少儿科幻小说的分类有重文学流派和重科学流派,但实际上这一分类对成人科幻文学或许适用,对少儿科幻小说却并不太适用。少儿科幻小说多属于"重文学类的科幻",要将少儿科幻小说的坐标系对准现代科学的概念或理论,几乎不可能,也过于僵硬。如果说,少儿科幻小说创作有某种本质的、可辨认的特质,除了像一般儿童文学那样,有自己特定的读者对象、儿童式灵动跳脱的语言、充满童趣的故事情节和有教育启蒙意义的内涵外,更重要的是对科学态度、科学思维以及想象力的激发培育,少儿通过故事可以被激发起对人与科技、未来、自然关系的关注与思考。而这,也正是少儿科幻小说的独特魅力所在。

原载于《天津师范大学学报》2020 年第 3 期

中国少儿科幻文学的"当代"观察

崔昕平

中国当代文坛上，科幻文学无疑是一个新崛起的热点。中国当代文坛上，儿童文学也无疑是另一个热点。近年来，二者正逐渐呈现出热点的"交集"。儿童文学视野中的科幻文学，被简称为"少儿科幻文学"。有观点说，中国当代科幻文学的起点，就源于儿童文学，因为我国"当代"视野内的第一代科幻作家，即 20 世纪 50 年代开始科幻文学创作的作家们，如郑文光、童恩正等，最初都是被纳入儿童文学视野、参评并获得儿童文学奖项的。这一问题，此文中暂不追溯，但是，有一点是非常肯定的：在中国当代儿童文学的发展历程中，对少儿科幻文学的关注从未缺席。

一、中国少儿科幻文学的"当代"开启

1955 年是一个标志着中国当代儿童文学健康开启的关键年份。1955 年 9 月 16 日《人民日报》社论《大量创作、出版、发行少年儿童读物》，与 1955 年《中国作家协会关于发展少年儿童文学的指示》，发挥了极为重要的引领作用，促成了中国当代儿童文学的第一个蓬勃发展期。这两个重要文献中，都专门提及了少儿科幻的创作问题。《大量创作、出版、发行少年儿童读物》中提出："中国作家协会还应当配合中华全国科学技术普及协会，组织一些科学家和作家，用合作的方法，逐年为少年儿童创作一些

优美的科学文艺读物,以克服目前少年儿童科学读物枯燥乏味的现象。"《中国作家协会关于发展少年儿童文学的指示》中提出,"作品的形式和体裁应该丰富多样。不仅要有小说、故事、诗歌、剧本,也要有童话故事、民间故事、科学幻想读物",并且专门强调,"应该特别注意发展为广大少年儿童喜爱而目前又十分缺乏的童话、惊险小说、科学幻想读物、儿童游记和儿童剧本"。在这两个重要文献中,为少年儿童读者提供科学文艺读物,受到了高度的关注。前者使用了"科学文艺",将科普读物涵盖其中;后者则专门侧重了少儿"科幻文学"这一文学范畴。20世纪50年代,郑文光、童恩正的科幻文学创作,高士其的科普童话、科学诗创作,都为中国当代少儿"科学文艺"的文体发展提供了成功的文学样例。

进入"新时期",文学创作领域全面复苏,少儿科幻文学也出现了以叶永烈的《小灵通漫游未来》掀动的巨大科幻创作热潮,少儿科幻小说、科学童话、科学诗、科幻电影、科学戏剧、科学相声等百花齐放。叶永烈曾经撰文《儿童科学文艺漫谈》,对中国当代少年儿童科学文艺在20世纪70年代末80年代初迎来的创作发展,以及逐步形成的文体分支,做了非常全面、非常有针对性的论述。但是这一儿童文学领域内"科学文艺"的"繁荣"态势,也迅速陷入1983年"精神污染重灾区"论争造成的负面影响,逐步走向沉寂。但是,从国家层面,广义的科学文艺或狭义的科幻文学基于儿童的意义,从未被忽视。以中国儿童文学最高奖、中国作家协会主办的全国优秀儿童文学奖评奖历程看,自1986年首届全国优秀儿童文学奖,就设置了"科幻小说"奖项,郑文光的《神翼》获奖。之后,因受到科幻文学创作整体进入严冬期影响,科幻小说创作出现断层,优秀作品匮乏,第二、三、四届的该奖项均空缺。

二、21世纪少儿科幻文学的"身份"之思

21世纪以来,与中国当代儿童文学整体加速发展的时代相呼应,中国

少儿科幻文学应进一步得到重视成为共识。2001 年 1 月 13 日,中国作家协会第五届主席团第八次会议通过《中国作家协会关于进一步加强儿童文学工作的决议 (2001)》,十条具体举措中,就专列一条:"与中国科协密切合作,做好文学家与科学家优势互补的联姻工作,共同促进科学文艺创作的发展。"世纪之交,少儿科幻文学的创作样貌也逐渐丰富,20 世纪 80 年代以少儿科幻电影《霹雳贝贝》深受小读者喜爱的张之路,在这一时期的少儿科幻文学创作极具代表性,他的《非法智慧》《极限幻觉》《小猪大侠莫跑跑绝境逢生》先后在全国优秀儿童文学奖第五届 (1998—2000)、第七届 (2004—2006)、第八届 (2007—2009) 评选中获"科学文艺"奖。第六届评奖中,还有赵海虹的短篇科幻小说《追日》获"青年作者短篇佳作——科学文艺奖"。

进入 21 世纪,世纪初的科幻文学研究具有了理论属性,这归功于吴岩教授在这一领域的专注研究与基础性深勘。科幻小说的概念阐释、科幻小说在中国的百年发展史等问题,都以论文、专著的形式,构成了中国科幻理论体系的逐步建构。张之路在 2000 年全国科普创作及科学文艺研讨会上发言《繁荣科学文艺的几点思考》(《人民日报》海外版,2000 年 4 月 17 日),分析了阻碍科学文艺发展、造成优质的科学文艺作品严重匮乏的原因,既谈到了 20 世纪 80 年代那场论争带来的创作桎梏,也冷静分析了少儿科幻创作自身对幻想的"放纵"。对于科幻的"身份"问题,尤其是科幻文学与儿童文学的关系问题,也曾引起广泛关注,葛红兵撰文谈《不要把科幻文学的苗只种在儿童文学的土里》,王泉根撰文回应《该把科幻文学的苗种在哪里?——兼论科幻文学独立成类的因素》。这一论争聚焦于科幻文学的未来发展,也显示了科幻文学圈内部对少儿科幻文学部分地存在排斥心理。

显然,将科幻小说的发展,放置在儿童文学的视域,是我国当代科幻文学发展极度"边缘化"时期的一种过渡性举措。但科幻文学的"常态化"发展中,极为重要的一支,必然是少儿科幻文学。科幻文学与儿童文学的"外在呈现"的一致性,源自"幻想"的艺术形式,科幻文学与儿童文学"内里"解决问题呈现出的一致性,则在于"朝向未来"的精神归属。儿童以其身处衔接人类世代代际传承者、维系人类生命与人类文明延续者的特殊身份,被儿童文学与科幻文学,赋予了与希望、与未来的密切关联的意义。人类物质世界与精神世界的拯救者或者说拯救的希望,均同一地指向了儿童。历代文学作品常常在极度的绝境中、在极致的恶面前,寻求以儿童的天真纯善的童心,唤醒成人世界的浑噩与迷失,如泰戈尔、华兹华斯的诗作,诚挚赞美"儿童的天使",感叹"儿童是成人之父"。科幻文学常常在假设了地球即将毁灭的绝境中,描绘如何保护儿童,如何保存人类文明。多代、多位作家的科幻作品中,绝境中的突围,也恰恰是靠突破思维定式的儿童、无惧无畏的儿童达成的。如刘慈欣的《超新星纪元》、王晋康的《宇宙晶卵》等作品中,儿童是未来走向的决策者,儿童是可能灾难的突围者。因而可以说,无论是外在幻想色彩抑或内里精神气质上,二者都呈现着某种天然的、密切的关联性。

面对当代文明,努力与少儿科幻文学"撇清",已经是一个"过去式",就像努力与儿童文学"撇清"已经成为"过去式"一样。问题的背后,其实同样包括对待儿童、儿童文学的态度和认识。随着人类文明前行的脚步,认为儿童文学是"小儿科"的想法已经日渐减少,儿童文学所独具的文学意蕴与价值已然为越来越多的人认可;优质的儿童文学所标识出的儿童文学艺术标准与创作难度,也已然为越来越多的人认同。为儿童创作科幻文学,也已然不是羞于启齿之事,而是如何驾驭之思。

三、新时代少儿科幻创作的多维拓展

新的时代呼唤优质的、丰富的少儿科幻作品。人类文明走入当代,科学技术以前所未有的深度融入了儿童的日常生活,并构成他们生活本身的重要组成部分。科学技术有着与这一代儿童亲近的心灵距离,这就决

定了他们紧密追踪的兴趣点不再是过去的田园、乡村,而是时刻与他们发生关联、带来改变、产生共鸣的科学技术。因此,少儿科幻文学"并成"为科幻文学与儿童文学的子门类,存在着巨大的阅读需求。

21世纪的第二个十年以来,少儿科幻文学受到的重视度与实际的创作量,都呈现出加速趋势。仍以全国优秀儿童文学奖考察,第九届(2010—2012)、第十届(2013—2016)两届评奖中,均为少儿科幻文学设置了两个奖项份额。刘慈欣的《三体》、胡冬林的《巨虫公园》、王林柏的《拯救天才》、赵华的《大漠寻星人》这四部获奖作品的科幻样貌非常丰富,也表征了少儿科幻文学创作逐渐多点开花。

科幻文学领域内,董仁威、姚海军、吴岩等均已敏锐感受到了少儿科幻应有更大的发展空间,并且开始在"全球华语科幻星云奖"中设立"少儿科幻"奖项,成都《科幻世界》承办的国际科幻大会开始设立"少儿科幻"分论坛,促成了科幻文学圈内部对少儿科幻的关注与聚力,一批坚持从事少儿科幻创作的作家有了创作归属感与交流的契机。

王林柏的《拯救天才》,以时间穿越的科幻模式讲述一系列拯救天才的故事,而这种穿越型幻想因为建立在了广博的文化史、科学史基础之上,因而超越了一般意义上的穿越类故事,严谨、丰满而睿智。马传思的《冰冻星球》《奇迹之夏》,以饱满的信息量与具有可信度的科学思索,既开拓着孩子们的想象视野,又传递了以科学认识世界的思维方式,更借此展现了知识的魅力。王晋康的《真人》,以前瞻性的科学想象,假想了在科技高度发达并完全介入人体甚至参与到人类繁衍的时代,"人"之为人的标准将向何处去。杨华的《少年、AI和狗》对少儿科幻创作"硬科幻"作品的尺度与技法做出了非常有益的实践。作品选择了AI(人工智能)这一备受科技界关注的前沿科技之一写入少儿科幻小说,在少年与AI的人机对话中,AI传递了大量航空航天的科学知识,科学成分饱满扎实。赵华《除夕夜的礼物》,有着较为成熟的"科幻"思想方式,作品透露出来的对科学与人类、人类与可能的外星生物的"关联形式"的思考深度,是对少儿科幻普遍流于对科幻元素概念化植入的有力反驳,是对一些少儿科幻创作以科幻为"摆件"实则大展魔法类型想象的简单化操作的有力反驳。

上述作品,均以较高的品质获得了不同奖项的反复认可,包括王林柏的《拯救天才》荣获全国优秀儿童文学奖,马传思的《冰冻星球》《奇迹之夏》获得全球华语科幻星云奖。2019年获第十届全球华语科幻星云奖最佳少儿短篇小说金奖的秦萤亮的《百万个明天》,作品推想了AI进入人类生活后可能出现的人类如何对待AI的情感问题。描写细腻,情感动人,既描绘了人与AI相处的百万种可能,也在人与AI的交互中,给予了"爱"的定义外延的百万种可能。该作品随后荣获了当年度的陈伯吹国际儿童文学奖。多维度的获奖,显示了各奖项与活动对少儿科幻发展形成的凝聚、推动作用,也印证了当代少儿科幻文学正在迎来文体的日益自觉与创作中的创新意识。

四、面对新的机遇更需新的警惕

在当下这种时代趋势和主流社会的关注下,可以预见,少儿科幻文学迎来了良好的发展契机。散在的创作力量正在不断聚集,"跨界"创作的趋势也已逐步呈现。但是于整体科幻文学发展与整体儿童文学发展而言,当下少儿科幻文学创作的发展仍是相对薄弱的。这就需要一种严谨的、努力的创作态度,去补充、拓展少儿科幻文学的艺术样貌。

在儿童文学领域对少儿科幻文学的屡次表述中,交替出现了"科学文艺"与"科幻文学",实际显示了"少儿科幻"的广义与狭义之分。儿童文学视野中的"科学文艺",是广义概念,内含科幻小说、科学童话、科普故事、科学诗、科学剧、科学绘本等。"科幻文学"则指称了狭义的少儿科幻文学,不包括科普类读物,单指文学类读物。二者的评价标准是不同的。此处暂且不谈科普类少儿读物的创作标准,单就狭义的文学领域来看,当代少儿科幻文学创作在逐渐升温的同时,也呈现相关的、需要警惕的问题。

部分少儿科幻文学创作对"幻想"的运用,存在"杂糅":作品的"科幻"含量稀薄,杂糅了"奇幻""玄幻""魔幻"以及"打怪升级"等"类型"元素。这种杂糅,降低了少儿科幻文学创作的难度,也势必导致少儿科幻文学面目的模糊。20 世纪 70 年代,加拿大的达科·苏恩文谈对科幻有一个界定,科幻是"以疏离和认知为宰制"的。"疏离"强调了科幻作品需营造陌生化的生存环境、科技背景,"认知"则强调了对所构成的陌生化的给予建立在科学前瞻性假想基础上的理论解释。"疏离"和"认知"并济,方可称为"科幻"。"魔幻"或"奇幻"等,则是可以摆脱因果链推导的非逻辑性幻想,因疏离而产生的陌生化是有的,但其中的幻想是不需要寻找某种科技理论的自洽,甚至往往是不需要解释的,是所谓从心所欲,以"奇"制胜。摆脱因果链的幻想,在儿童文学的一种重要体裁——童话创作中,是经常被运用的。

科技理论在科幻作品中的支撑力与密度,将科幻文学区分出"硬科幻"与"软科幻"。科幻文学作家面对突飞猛进的科技发展速度,开始慨叹科技前瞻的难度,慨叹真实的科技有时甚至反超了科学幻想,一些新生代科幻作家的创作呈现出更加稀薄的科幻密度,更多朝向某种人文性的思索,甚至有青年科幻作家用"稀饭科幻"来进行自我指称。那么,以此类推,少儿科幻文学的科幻味儿,是不是可以再稀释一点,达到"米汤科幻"即可? 于是,披着科幻外衣的魔幻小说、披着科幻外衣的童话故事,成为少儿科幻创作领域随处可见的作品样貌。

与科幻圈内曾经对少儿科幻创作的回避不同,这是另外一种对少儿科幻创作的"轻视",是一种轻视"科幻"的创作态度。少儿科幻文学虽然因为面对儿童受众这一读者定位,在科技理论的密度与难度方面,需要有意识地做一些降低,以确保儿童阅读的可读性与适读性,但是,少儿科幻文学与成人科幻文学一样,同样追求幻想内里科学精神的灌注,同样应该承载对未来科技发展、对人类文明走向,包括对宇宙命运、生命关系的前瞻与思考。少儿科幻应该始终对科学幻想与童话幻想、神话幻想等幻想文体的杂糅保持高度警惕,应该始终有明晰的创作分野。虽然上述幻想文体共同拥有想象的特权,但童话、魔幻等是可以随意驾驭因果关系的任意结合式想象,科幻却必须具有科学推演的认知基础。二者杂糅的创作,势必对小读者造成"误导"。

中国少儿科幻文学流派研究

董仁威

中国少儿科幻文学经过七十多年的曲折发展,形成多元化蓬勃发展的局面,并发展成四大流派。

正如新中国少儿科幻文学开拓者之一叶至善所说:"科学幻想小说,是三个词儿组合成的,我想,这三个词儿应该是评选作品的立足点。"

笔者认为,对于少儿科学幻想文学来说,则有四个关键词:少儿、科学、幻想、文学。

当代少儿科幻文学作家,在全面融入这四个关键词的基础上,各有侧重,发展出童趣型少儿科幻作品,注重迎合少年时期及低幼年龄段儿童的趣味爱好;科普型少儿科幻作品,偏爱在科幻文学作品中传播科学技术知识;文学型少儿科幻作品,精心按照小说的要求,塑造典型人物的典型性格,关注人文主题;科学型少儿科幻作品,注重核心科幻设想的构建。

一、童趣型少儿科幻作品

以杨鹏为旗手的中国当代少儿科幻文学作家,坚持将少儿科幻文学创作放在针对不同年龄段儿童的兴趣爱好上,创作出接地气、广受少年和低年龄段儿童欢迎的作品,创造了少儿科幻小说销量的奇迹。

1995 年,杨鹏开始创作以小学中低年级读者为对象的"装在口袋里的爸爸"系列图书,这是一种带一点科幻色彩的童书。由于很符合儿童的口味,一出版就受到市场热烈欢迎。从 1995 年开始出版,《装在口袋里的爸爸》已出版文字书 76 种、漫画书 20 种,主要由浙江少年儿童出版社、春风文艺出版社出版,曾经出过该书的还有四川少年儿童出版社、湖北少年儿童出版社(现在的长江少年儿童出版社)、湖南少年儿童出版社等多家出版社。单册图书重印册数最多的超过 100 次,出版三年以上的单册重印数平均超过 10 次,截至 2021 年年底总销量超过 4000 万册。

杨鹏针对小学高年级至初中阶段少年创作的"校园三剑客"系列,从 1997 年开始出版,已出版文字书 40 多种、漫画书 20 多种,主要由浙江少年儿童出版社、大连出版社出版,曾经出过该书的还有四川少年儿童出版社、湖北少年儿童出版社(现在的长江少年儿童出版社)、北京少年儿童出版社等多家出版社,单册图书重印册数最多的超过 50 次,出版五年以上的单册重印数平均超过 10 次,截至 2021 年年底总销量超过 700 万册。

继承杨鹏童趣型少儿科幻小说传统的超侠、彭绪洛,创作出许多优秀的少年科幻小说。

少年科幻小说是针对 11 至 14 岁年龄段,适合小学高年级和初中生阅读的文学作品。

少年科幻小说面对的读者是进入自我意识觉醒的青春期的少男少女。他们从幼稚走向半成熟,自我意识迅速发展,开始有了自我评价能力,逐渐形成一定的自我价值观和自我认识能力,不断探求人生道路和选择自己的发展方向,对世界充满好奇心和想象力。

他们正在实现从依赖性到独立性的转变,想独立思考、独立生活,但是,由于知识底蕴、生活能力欠缺,又不得不依赖父母、教师及社会。

他们从冲动性走向自觉性,有了用理性约束冲动性的初步能力,不再那么任性妄为。他们情感丰富,脱离了童年期幼稚型情感,逐渐向高级社会性情感发展,表现为具有一定群体感、道德感、美感、社会责任感,向往美好理想的成熟型情感。

　　总之,这是一个人"三观"及个性形成的关键时期。因此,少年科幻小说作者必须针对这些孩子的特点,创作出引导其正确的世界观、人生观、价值观形成的优秀作品。

　　少年科幻小说针对少年不同的爱好,又可再细分为少年冒险科幻小说、少年推理科幻小说、少年军事科幻小说等。

　　超侠创作了大量针对少年特点的少年科幻小说。姚利芬评价超侠的少年科幻小说时说:"超侠于 2019 年推出新作《功夫恐小龙》,讲述了未来世界因环境极度破坏引发灾难,垃圾场长大的野孩子小龙接受孔星子的指导,野性渐收,为了改善环境,获取更多的食物供给村民们,前往垃圾山峰鬼蜥洞寻找能源的故事。小说将科幻、悬疑、武侠、冒险等元素融为一体,具有热闹、游戏、大话、戏仿的超文本狂欢化叙事特征。其作品胜在天马行空的想象力,但整体叙事稍显粗疏。小说善用悖论式叙事策略设置情节:烤猪会说话、克隆孔星子和天宇恐龙、小孔星子复活了、天上掉下一堵墙、穿过村主任的躯体、恐怖的山路、能吞掉恐龙脑袋的大嘴巴……悖论是有意识地在叙事文本中将两个相互对立的主题(观点)、表现手法、叙述方式等共时态地呈现出来,从而造成一种矛盾、荒谬的镜像,有助于增加阅读的参差体验。"(载于《科普创作》2020 年第 4 期)

　　彭绪洛针对少儿喜爱探险的特点,创作出一批深受少年读者欢迎的冒险类少年科幻小说,如《少年冒险王》《我的探险笔记》《少年探险家》《虎克大冒险》等。

　　同时,彭柳蓉、凌晨等科幻作家,创作针对小学低年级儿童的少儿科幻读物,也颇受市场欢迎。

　　彭柳蓉以小学中低年级学生为读者对象创作的少儿科幻小说《我的同桌是外星人》系列,以及凌晨以小学和初中学生为读者对象创作的少儿科幻小说《开心机器人》系列,均把小读者的兴趣爱好放在第一位。凌晨认为,创作者要贴近读者,完全以孩子的心态、语言和思维体系来讲故事,故事不一定就要反派和成人的参与。

当然，这一类童趣型科幻小说，都把打造科幻小说的科幻色彩当成不可或缺的重中之重，也把创造文学典型人物形象放在重要地位。

崔昕平说："杨鹏的作品题材涵盖丰富而多元，宇宙与异星生物、怪物入侵地球、机器人进化、时间穿越等题材等均有涉猎，而其中最为醒目的当属'校园三剑客'系列。这个庞大的系列自 1995 年开始创作，延续至今已经达 40 余册，被叶永烈评价为'百年来中国最大规模少年科幻小说'。杨鹏笔下的'校园三剑客'，由'校园超人'杨歌、'电子少女'白雪，'电脑天才'张小开三个形象组成。这三个生活在校园中的孩子个性鲜明，各怀本领：杨歌能驾驭超能力，勇敢果断；白雪聪慧美丽，能驾驭读心术；张小开则幽默滑稽，并能化解各种电脑方面的难题。三个角色形成优势互补的三人行动小组，屡次执行重大的地球拯救任务。作品系列化的创作布局，将主角们置于不同的科幻情境中，让他们在强烈的好奇心驱使下，暂时脱离现实的生活，探索无穷无尽的科学奥秘，也因此牵出一个个惊心动魄的故事。三个鲜明的人物形象贯串该系列的始终，陪伴了一代又一代的孩子们，杨歌、白雪、张小开，也在儿童文学人物画廊中留下了令人难忘的印象。"

超侠的少年科幻小说，也把科幻构想和人文主题放在重要位置。

超侠的科幻融合了多层次精彩的元素，进行比例调和烹饪，形成了复杂有趣、意蕴悠长、恶搞中有深刻、爆笑里含眼泪、冷酷中有温情的创作风格。首先，在科幻创意和科幻背景的基础上，他往往寻找别人不曾用过的前沿科技与自我创新的幻想，来定下整部作品是少年硬核科幻的基准；往往讲述的是少年英雄的故事，让孩子们拥有一种正义的代入感，充满了不屈不挠、誓不低头的豪情，在一种科幻的江湖里，行侠仗义，快意恩仇。除此之外，作品里边的许多科幻创意都非常过硬，非常耐看，非常前卫，甚至是在其他成人科幻作品中没有出现过的。在此基础上，超侠加强了里边的娱乐性和幽默感，使很多人在阅读的时候忍不住哈哈大笑，但是在难过的时候又潸然泪下，在笑与泪之间起伏，正如周星驰的电影一样；同时也充满悬疑反转,扣人心弦,惊心动魄,令人脑洞大开。

二、科普型少儿科幻作品

科普型科幻是笔者在 2012 年出版的《穿越 2012——中国科幻名家评传》(人民邮电出版社)中的《郑文光评传》一章中正式提出的。笔者在文中说:"郑文光从 20 世纪 50 年代到 60 年代写作的一批'科普式'的科幻小说,以《从地球到火星》《太阳探险记》为代表。"在《叶永烈评传》一章中,也说:"'科普式'科幻小说《小灵通漫游未来》的成就与遗憾。"以后,我在其他有关文章的表述中(如网文《试论科普型科幻小说的创作》),将科普式科幻小说改为科普型科幻小说。

科幻界领军人物刘慈欣在 2019 年中国科幻研究中心举办的科幻研讨会上倡导发展科普型科幻。他说:"好像现在科幻界还有儿童文学和科普的恐惧症,以至于国内的少儿科幻和科普型科幻处于比较薄弱的状况。少儿科幻还好,还有一批很优秀的作家和很优秀的作品,但是数量上不行。至于科普型科幻,我们现在几乎见不到了。前两天我看过一本《月球旅馆》有这方面的影子,但是这样的作品数量还是很少。我希望科幻研究基地能把这两个领域重视起来,这样能让国内的科幻呈现更多元化的样貌,在更广阔的领域有所发展。"

科幻界另一领军人物姚海军在接受《人民日报》采访时,也主张发展科普型科幻。他说:"只有积极鼓励、发展多种类型的科幻,如少儿科幻、科普型科幻等,才有可能真正实现科幻的繁荣发展,使其在提升民族创造力和想象力方面发挥更大作用。"

科普型科幻是新中国独特的产物,笔者以为,以儿童为读者对象创作的少儿科幻小说及一切科幻文艺作品有各种类型,既有文学类型的文艺作品,又有科普类型的科普作品。

科普型科幻以普及科技知识为目的,以文学为手段。它是一种类型科普,也是主流科普的重要分支。当然,它普及的不仅仅是科技知识,还弘扬科学精神、科学思想、科学方法,倡导科学的世界观,探讨科技对社会正反两方面的作用。

当代科普型少儿科幻小说的代表人物有陆杨和姜永育。

陆杨已出版作品149部,著有《小鱼大梦想》《探险小龙队》《地球部落》等。累计印数达140万册。

《小鱼大梦想》是科普型少儿科幻文学流派的代表作之一。该书责任编辑丁倩评价《小鱼大梦想》道:

> 《小鱼大梦想》作为一部科普小说,"小说"部分传递了追求"海洋强国梦"和坚守"蓝色海洋梦"的正能量,而"科普"部分也是干货满满。
>
> 多领域的知识点——既有海洋环境、生物进化、天文宇宙等自然知识的多方面呈现,比如虫洞、海洋飓风、进化论;又有文学作品、社会学原理等人文知识的多角度补充,比如"蝴蝶效应""阿凡达项目""疯狂科学家悖论""图灵测试"。
>
> 由"知识点"到"知识条"——讲述一个知识点时,并不局限于单纯介绍这个知识点,而是深挖与之相关的小读者会感兴趣的内容,从而丰富小说的知识图谱,培养我们的发散性思维。比如由介绍箭毒蛙而延伸出"大自然中的一些具有毒性的动物"这个专题,选取了最具代表性的六种致命动物;比如介绍麦哲伦时,将单纯介绍麦哲伦的生平扩充为介绍历史上著名的五位航海家。
>
> 多元化的讲述方式——跨页图图解、科普小贴士和趣味习题的多重设置,让我们快速记忆知识、快乐巩固知识。比如在"海洋冒险团"跟着麦哲伦航行的故事结尾,设计了一道填空题,结合跨页地图和箭头指示,帮助我们回顾麦哲伦的环球航行路线。

姜永育创作出版了大量以科普为目的的少儿科幻小说。2012年,四川少年儿童出版社出版的《地球密码·自然灾难大历险》系列,以防灾避险科普知识为主线,融入了科幻元素,故事惊心动魄,科普知识丰富,深受小读者喜爱,多次入选《全国中小学图书馆推荐书目》。

2016年河北少年儿童出版社出版的《杰姆博士大冒险》(一套4本),以科幻的形式,融入大量科普知识,让读者既与主人公一起感受惊心动魄的冒险之旅,又能学到许多科普和防灾避险知识。

2018年由中国少年儿童出版社出版的《秘境大探险》(两季共10本),也是以科考的科普知识为基础,融入科幻、悬疑、探险等元素。

三、文学型少儿科幻作品

近年来,文学型少儿科幻小说异军突起,连连斩获国内各种顶级大奖,包括全球华语科幻星云奖和全国优秀儿童文学奖,引起社会关注。

主流科幻文学首先是一种类型文学,以创作文学作品为目标,以科幻为工具,主次分明,现今正在发展成主流文学的一支。它没有普及科学知识的任务,甚至,文学作品中的科学,是作者的杜撰、想象,并非已知的科学知识,但是,符合科学思维的方法,能自圆其说。比如,《三体》中的降维打击、宇宙社会学理论都是作者杜撰的,并非已被证实的科学知识。

其实,郑文光早在20世纪80年代便已开创文学型少儿科幻小说的先河,其代表作《神翼》曾获首届全国优秀儿童文学奖,以后,张之路的文学型少儿科幻小说《非法智慧》《极限幻觉》《小猪大侠》也获得了全国优秀儿童文学奖。

在当代,马传思、王林柏、赵华等,创作出版了许多优秀的文学型少儿科幻小说,连连斩获大奖。

当代文学型少儿科幻小说的领军人物之一马传思,阐释了这一流派的主旨。他说:

（文学型少儿科幻小说）侧重在充满传奇色彩的少儿科幻故事中去呈现儿童的心灵成长，引发读者对人与人性的思考，以及重视作品的审美价值。

值得一提的是，这类作品与儿童文学的距离相对较近，于是有部分作品可能在科幻创意上没有太多探索，甚至只是套用了一些旧的科幻创意，但讲出来一个纯正的儿童文学故事。当然，其中一些佼佼者，其创作往往力图实现科幻性与文学性的圆融对接。

本人致力于这种类型少儿科幻小说的创作，成果仍然不够丰硕。当然评论界还是给予了足够的褒奖，认为"其少儿科幻作品充满独特的诗意风格，强调作品思想内涵的丰富性与多元性"，但这些褒奖很大程度上应该视为鼓励和期许。主要作品《冰冻星球》《奇迹之夏》，比较成功地讲述了两个不同世界观背景下的科幻故事。故事背景虽然不同，但用意都在于从一个宽广的时空维度去呈现儿童的心灵成长。新作《图根星球的四个故事》和《蝼蚁之城》，竭力在叙事风格、思想主题和科幻创意上做出新的探索。

赵华是该领域中一位比较成熟的作家，作品语言凝练沉稳，注重思想内涵。主要作品有《疯狂外星人》系列。虽然外星人题材屡见不鲜，但作者用逻辑自洽性很高的科幻创意赋予这个题材以新鲜度；更重要的是，作者力图以外星人作为参照系来思考人类和人性。

获得第十届全球华语科幻星云奖最佳少儿中长篇小说金奖的《心灵探测师》（徐彦利著），则竭力以科幻的方式，从少年的视角探讨人性。

在老一辈科幻作家中，张静的作品充满丰富的想象力，注重亲情主题的描写。主要作品《K星寻父探险记》（山东教育出版社），也是一部优秀的少儿科幻小说。

此外，王林柏的《拯救天才》，有一个"适合儿童"的科幻创意，但作品真正的亮点是其对儿童文学创作风格的运用，特别是语言和情节的幽默性，达到驾轻就熟的程度。在中国少年儿童出版社《儿童文学》等纯文学期刊领域，不时会有与之类似的优秀作者和作品出现，比如获得第十届全球华语科幻星云奖最佳少儿短篇小说金奖的《百万个明天》（秦萤亮著）。

四、科学型少儿科幻作品

成人科幻中有一个以王晋康为首的核心科幻流派，科学型少儿科幻作品的特点同这个流派有点相似。核心科幻流派不同于以科普为目的的科普型科幻。它坚持科幻小说首先是小说，没有科普的任务，不以传播科技知识为目的。但是，它主张必须有一个科幻构思的核心，离开了这个核心，这篇科幻小说就不能成立，这就是核心科幻。

科学型少儿科幻不同于成人科幻中的核心科幻。由于少儿的科学知识储备有限，对未来科技艰深的设想难以理解，因此，少儿科幻小说中的科学幻想构思往往不似成人科幻中的核心科幻那么深奥。

少儿科幻作品中的科学面向正在成长的少年儿童，将他们的目光导向未来，激发他们去探索科学的真谛。少儿科幻作品在培养他们的科学精神以及科学思想方面的作用不可低估。

少儿科幻小说中的科学知识比较浅显，但浅显并非浅薄，而且，随着我国少年儿童科学素质的不断提高，一些少年儿童追求更前沿的科技知识，以及更为高深莫测、更新奇、更能给人启迪的核心科幻构思。

目前，科学型少儿科幻小说正在向核心科幻进军。作为中国核心科幻作家的王晋康，现在是科学型少儿科幻流派的代表作家。

马传思评述科学型少儿科幻小说时说：

在这类少儿科幻作品中,王晋康的一系列作品值得关注。身为中国当代科幻的代表人物之一,王晋康将其核心科幻的理念灌注于少儿科幻创作中,作品笔法严谨顺畅,科幻内核丰满厚重。比如其作品《寻找中国龙》,讲述中学生龙崽和他的伙伴在家乡潜龙山发现了两条真正的中国龙,他们勇敢探索,终于发现了两条龙的生身之秘的故事。作品根据基因合成技术构建了一个足够硬的科幻内核。即使从成人科幻的角度来说,这个科幻创意也足够硬核,同时它又是一个适合少年儿童读者阅读的科幻故事。

此外,著名科幻理论家吴岩在少儿科幻小说创作方面的成就同样值得重视,其少儿科幻作品具备严谨的科幻构思,同时注意营造故事性和可读性。比如其主要作品之一的《生死第六天》,通过少年张潮思的寻父之旅,讲述了人类在宏观世界和微观世界两个相互转换的世界之间逃亡的故事。运用了关于婴儿宇宙、多维时空的科学理论,又提出"霍金转移"等科幻创意,并将之完美融合于故事之中。

另外,中国更新代核心科幻代表作家之一的江波的"无边量子号"系列和宝树的《猛犸女王》,是他们向少儿科幻领域拓展的一次尝试,同样值得关注。

同时,核心科幻作品被当作少儿科幻作品,辑入少儿科幻丛书,乃至科幻名家刘慈欣、王晋康的核心科幻作品,被归类为少儿科幻作品;有的核心科幻作家转型写作少儿科幻作品,受到市场和小读者的欢迎。这些都可以证明,当代的科学型少儿科幻文学有向核心科幻文学靠近的趋势。

返回童年之旅

——少年科幻小说创作漫谈

杨　鹏

　　所有的写作，都是对写作者心灵深处某种情结的考问、追索与释放，少年科幻小说作为科幻小说的一个重要分支以及文学的一个独特品种，不能例外。

　　每一种文本的创作，都受制于受众的审美趣味和接受能力，少年科幻小说作为比其他文体对受众依赖性更强的儿童文学的一个特立独行的品种，也不能例外。

　　从文体的特性来看，少年科幻小说与适合成人阅读的科幻小说（即主流科幻小说）有许多共性，但是，从受众的特性来看，少年科幻小说与主流科幻小说几乎没有什么相似之处。比如，主流科幻小说是"小众文学"，可以为了某种带有先锋目的的写作放弃情节性、消解意义和瓦解权威主体，而少年科幻小说则强调小读者（即受众）的惊奇感、夸张性和少年英雄主义情怀。

　　由于以上原因，少年科幻小说在创作技巧上与主流科幻小说相比，可谓大相径庭，少年科幻用主流科幻的技法来写，或者主流科幻用少年科幻的方式来创作，都将南辕北辙、一败涂地。从这一点上来说，少年科幻和主流科幻是两种完全不同的文体，许多人在写作少年科幻或成人科幻时会误入歧途，就是因为对这一点完全没有看清楚。

　　每一次创作少年科幻小说的过程，都是一次返回童年的过程。你必须将童年和少年时代的兴奋、好奇、渴望、梦想……完完全全地从你的记忆库中调出来并用文字进行呈现,如果你做得不彻底,如果你的想法还带着成年人的杂质,如果你不能将自己还原到 14 岁之前的状态,如果你的写作充满了功利心……那么,我可以百分之百地告诉你,这条路对你来说是死路一条,你永远摸不着它的门,你永远不能以它为敲门砖来敲开受众,也就是你的读者的心扉。

写少年科幻,你必须有 14 岁情结,你必须对 14 岁或者更小的孩子喜欢的事情津津乐道,你必须接纳奥特曼、外星人、超人等对主流科幻来说极其幼稚的元素,你必须使用被主流科幻用滥了的桥段来讲述可以让少年人热血沸腾、浮想联翩的故事……返回、返回再返回,直到完全返回童年时的状态,你才能在记忆中获得新生,你才能成为 14 岁时的那个热血、激情、纯粹的少年人。

你还要建立自己独特的,但又适合于少年人阅读的话语系统。这种话语系统,会丢失主流科幻的文学性、人文性和前瞻性,它必须向少年人看齐。你所操持的语言,必须是他们所熟悉的语言——注意,不仅仅是网络语言,更重要的是他们生活当中经常用到的活生生的语言,比如"蟋蟀""超漂"等。你所运用的结构,必须与现代主义和后现代主义以及形形色色的先锋文学和文学实验完全地划清界限,你必须以小读者喜闻乐见的结构方式,比如快速、动感、悬念、惊险、青春、校园、动漫、游戏……的方式去推进情节。否则,不是你在抛弃读者,而是读者会马上抛弃你。

少年读物的竞争极其残酷无情,它不像某些被冠以先锋的成人读物,哪怕你写的什么都不是,只要架势足够唬人,语言足够花哨,总能得到一些"皇帝的新装"式的喝彩,它出版后被放在书架上,要经受小读者数秒钟内"见血封喉"式的检验;如果你的作品不能在极短时间内吸引读者的注意力并激发他们阅读的好奇心,那你死定了,你的书只能等待着被下架,被退回出版社,被送到废纸处理厂去化成纸浆。

虽然主流科幻的创作者以及读者对少年科幻充满了文本歧视,但是,它是人类精神中一个无法抹去的存在。如果你能真正地返回童年,并成为你的读者拥护的创作者,那么,你的创作才是有价值的,你才能被真正地称为是一个少年科幻小说的创作者,你才能在这条历久弥新的通天大道上越走越远……

当然,凡事都有例外,某些给较大孩子看的少年科幻小说,从文本上来讲,有时也可以与成人科幻接近,甚至让人难以区分它究竟是少年科幻小说,还是主流科幻小说。比如卡德的《安德的游戏》和《安德的影子》,我曾不止一次地看到一些评论否认它们是少年科幻小说,但事实上,这两部作品的许多英文版本,都会在封面注明——适合 12 岁的读者阅读;此外,从我个人创作经验角度来看,它们覆盖了少年科幻的各个创作点,比如自卑与自强、压力与反抗、少年英雄主义、小孩子救大世界、游戏与战斗、激情与梦想、反成人控制等;从文本的角度上说,它们是中规中矩的少年科幻小说,它们和《机动战士》《七龙珠》《风之谷》等少年热血动漫一样伟大。

14 岁以前的少年人,与 14 岁以后的青少年及成年人,是两种完全不同的"动物",他们有着完全不同的价值观、审美观、世界观和感觉。如果你有意成为少年科幻的创作者,那么,你只有一条路——重返童年,除此以外,没有捷径。

怎样创作少儿科幻小说

凌　晨

近年来,少儿科幻小说创作受到多方关注,也涌现出了许多优秀的作品。但是,少儿科幻小说创作还处于起步阶段,存在着诸多问题。首先,作家和作品数量在儿童文学中所占比例很低。2019 年,少儿科幻出版物中长篇与短篇总共 194 种。而 2018 年,我国少儿图书新书的品种数就达到了 22791 种。其次,少儿科幻作品不仅数量少,还有许多并不是严格意义上的科幻作品,存在着以科幻皮讲奇幻、魔幻故事的现象。也就是作品中的"科"与"幻"比例,往往"幻"更大。很多传统少儿小说作者看到市场对少儿科幻作品的渴求,也来写少儿科幻小说。但他们并不了解少儿科幻作品的创作特点和规律,往往写出的作品没有"科幻"的味道,只是把科学知识和幻想故事生拉硬扯。

最重要的是,少儿科幻作品缺乏评论体系和质量标准。这是一项需要长期进行的建设工作。好在科幻人已经注意到了这个问题,相信少儿科幻星云奖的创立将促进相关评论体系的建设。

我写少儿科幻小说的时间比较长。因为我身上的标签是新生代科幻作家,很多人想不到我会写少儿科幻小说。我写少儿科幻小说,大约是本性,我的童心始终在,骨子里属于长不大的那种。前两天,我和自家娃娃一起玩游戏,我们造房子,造花园。晚上睡觉前我们一起编故事。我内心深处的那个孩子从来就没有长大,看待世界永远是美好的。这样的童心最不畏惧,也是最充满好奇,最富有探险精神的,这正是科幻的理想主义精神表现。只要稍加引导,童心就会从魔法世界走入科学殿堂,用科学手段和思维方式,而不是魔法和咒语,对待这个世界。这不也正是科幻小说希望达到的影响吗?所以,我就来写少儿科幻小说了。

还有,对科幻阅读人群的分析,科幻作品是很适合初中阶段读者的读物。而这正是一个人最重要的成长阶段,这阶段的阅读兴趣、阅读习惯决定了他将来的阅读兴趣和习惯,帮助他塑造审美观、价值观。在这个阶段阅读科幻小说和言情小说的人,兴趣点的差异真的可以决定人生方向。所以,我希望自己有能力用精彩的科幻故事,吸引少年读者抬头看天,扩展视野,放宽眼界。

我创作的少儿科幻小说不少,中长篇有《鬼的影子猫捉到》《海平面下》《凌波斗海》,短篇有《火舞》等。2019年我的《开心机器人》系列出版了三本,其中的第一册《神秘机器人》有幸入围了首届少儿科幻星云奖。这部小说讲述三个小男孩儿和一个机器人的时空冒险,体现了我对少儿科幻创作的一些想法,就是创作者要贴近读者,完全以孩子的心态、语言和思维体系来讲故事,故事不一定要有反派和成人的参与。

我就用一个具体的例子讲述我是怎样创作少儿科幻小说的。

创作最重要的是选题,它既要有科学的基础,还要有幻想的外延,并且要小朋友们喜欢。我选取火星作为小说的主题。为什么选择火星?因为火星从来就是科幻小说中的热门话题,太空和宇航这两种类型都喜欢用火星作为故事背景。现在就更热了。2020年火星运行到了距离地球最近的地方,趁此机会地球人接二连三发射火星探测器,我国的天问一号火星探测器也在其中。天问一号目前已经飞离地球约823万公里,状态正常,值得科幻一把。火星话题为什么会长盛不衰?当然是由于火星和地球太相似了,人类很早就怀疑它上面有生物,还有浑身绿色的火星人。在科幻小说中,火星人的样子五花八门,千奇百怪,想啥的都有,就是没几个人写的火星和真实火星相像的。这和科学家们对火星的认知逐渐改变有关。人类渴望登上火星,对它荒寂的平原进行改造。对于少年读者,火星工程师是很酷的职业,需要掌握卫星定位、寻找并且净化水源、创建生态系统、利用太阳能发电等各种技能。

那么火星科幻写什么呢? 从人类的角度出发,可以从火星探险,一直写到移民火星,这个漫长的时间中可以发生无数故事。我的短篇小说《火舞》就发生在人类初登火星已经建立了营地的时间点上,和父母一起登上火星的主人公,一心想在火星的天空下做一次滑翔伞飞行。主人公不畏艰难努力实现自己愿望的态度,积极乐观。这是给少儿写故事必须牢记的原则,就是要积极向上,不能宣传“丧气”的悲观思想。

如果从火星人的角度考虑问题,那是与地球人友好共处呢,还是干脆俘虏地球人做人质,侵掠地球? 叙事角度的新颖奇特,将会给读者带来截然不同的火星。

少儿科幻小说的本质是冒险和成长,于是我的主人公会去挑战平凡,勇于冒险,在实现目标的过程中成长起来。

少儿科幻小说的语言要尽可能贴近孩子,结构以直线型为主。在科技理论的密度与难度方面,需要有意识地做一些降低,以确保儿童阅读的可读性与适读性,但是,千万不要低估少儿的智力水平和信息量,将少儿科幻低幼化,在小说中犯幼稚病。好的少儿科幻作品中的科技,是让孩子们能够产生兴趣,而不一定要能理解。与成人科幻文学一样,少儿科幻作品同样要追求科学精神的灌注,同样应该承载对未来科技发展、对人类文明走向,包括对宇宙命运、生命关系的前瞻与思考。

在我的少儿科幻创作过程中,对作品的趣味性追求是第一位的。作品没有趣味,就无法吸引读者,那再深刻的内涵也无法为读者所体会。少儿的兴趣点和成人有很大不同,而且变化很快,因此研究潮流就成了我的一项重要工作。对我这样童心未泯的假大人来说,研究本身就充满了童趣呢!

中国少儿科幻文学创作研究报告
（2015—2020）

徐彦利

少儿科幻文学是科幻文学的重要一翼，与成人科幻文学相比有非常明显的自身特征。其中叙述的儿童视角首当其冲，这也是少儿科幻文学的最大难点。一般而言，少儿科幻作家基本都是成年人，他们拥有丰富的人生经验、社会经验和工作经验，经历了许多人世沧桑，对成人社会的规则了然于心，生理年龄和心理年龄的双重成熟使得他们难以真正具备童真的目光。儿童的天真稚气与作家的成人身份形成难以调和的矛盾，如同中年演员在影视剧中扮演青少年一样，往往会在不经意间暴露出许多违和感，儿童叙述视角常常被自然流露的成人思维和成人心态打断，使少儿形象带有某种老练与世故，难以引起低幼读者的阅读共鸣。因此，站在儿童的立场用他们的眼睛打量这个世界，并得出儿童式的判断与结论，这对成人作家而言是一个较有难度的任务。因此，了解儿童、具备童心、善于站在儿童的角度思考问题，彻底抛弃成人的理性逻辑思维，是对所有少儿科幻作家的巨大挑战，每一个成功的少儿科幻作家无不是迎接这种挑战的胜利者。

中国当代少儿科幻领域会聚了大量风格不同的作家，大致可分为三种类型。一是一直活跃在少儿科幻领域的作家，如杨鹏、张之路、马传思、彭绪洛、徐彦利、陆杨、超侠、凌晨、谢鑫、彭柳蓉、郑重、王林柏、姜永育、伍剑、小高鬼、赵华、汪玥含、周敬之等，其作品多为少儿科幻小说。二是成人科幻作家偶尔创作,如王晋康、江波、董仁威、赵海虹、郑军等。三是从儿童文学创作领域转向少儿科幻文学创作的作家,如秦萤亮、麦子等,其作品有明显的儿童文学倾向,在叙述中加入了一定的科幻元素。因此,少儿科幻题材中既能看到风格较为稳定的专职作家,也能看到各种风格的荟萃,越来越显示出交叉互渗、多元变化的趋势。在题材选择、语言叙述、人物性格、结构设置等方面,这些作家多已形成自己独特的风格,走向越来越浓重的个性化叙述。

从少儿科幻发展的大环境来看,欢迎各具特色的科幻小说成为总体趋势。2020 年 5 月,首届少儿科幻星云奖的启动标志着少儿科幻文学的独立化与细化,除中长篇、短篇和科幻评论奖之外,还分设了三种专奖项,分别为科普型科幻小说专项奖、少年科幻小说专项奖、少儿科幻小说专项奖。三种专项奖的设置可以看到对科普题材的重视和对不同年龄段读者的重视(幼儿园大班、小学、中学),这是少儿科幻小说题材近年来最显著的一次细化。

与成人科幻小说相比,少儿科幻小说有自己的独特性,除需要特定的少儿视角外,情节要更洗练、更集中、更有趣味性,人物个性更鲜明、更有时代感、更易引起少年儿童的共鸣,并充分照顾少儿的阅读心理,科幻硬度也应适度降低,在貌似叙述自由的同时潜藏着许多无形的限制。因此,优秀少儿科幻作品的产生颇为不易。纵观 2015 年以来的少儿科幻作品,可以明显看到人文科幻作品数量大大增加了。

与 20 世纪 70 年代末 80 年代初的少儿科幻作品相比,2015 年之后的少儿科幻作品显示出强烈的人文色彩。曾经遍布于少儿科幻作品中的科普热情、教育、启迪、警醒等功利性价值引导被更为深层的人文关怀所取代。在这些作品中可以看到从少年视角引申开去的人生思考、哲学体味与美学感悟,涌现出大量富于个人特色的代表作家。

杨鹏是中国少儿科幻文学的领军人物,其作品的数量与影响力在少儿科幻小说界遥遥领先,创作力令人惊叹,100 多部作品,1000 多万字,对于一个 1991 年开始发表作品的作家而言,意味着每年至少要创作几十万字,足足一个超长篇的体量,何况还有其他诸如话剧、动画片、理论书籍、工作室运营等各种工作,其精力之充沛令人惊愕,文弱的外表下似乎有取之不尽用之不竭的能量,颇似其笔下的"校园超人"杨歌。他是中国首位迪士尼签约作家,在儿童文学、奇幻文学、科幻文学甚至漫画、历史小说中随意穿行。2015 年后最重要的代表作品为"校园三剑客"系列,是校园科幻的代表性作品。

杨鹏将自己的创作定位在"校园""少年""科幻""童心"几个关键词上,我们可以看到奇特的构思、丰富的科幻元素、跌宕起伏的情节、天马行空的想象力、多样的题材、宏阔的体系感,这些内在的气质通过自然流畅的语言糅合在一起,形成独特的创作风格,即使在少儿科幻小说领域也可谓独树一帜,不与人同。

"校园三剑客"贯串杨鹏十几年的写作生涯,从 20 世纪 90 年代末至今已持续 20 年之久,是杨鹏少儿科幻小说中体量最大的一个系列。这一系列中科幻元素极为丰富,超光速飞行、时空隧道、UFO、星际旅行、人脑控制、生化机器人、克隆复制、无限的空间,大量的科幻元素高密度编织在情节中,将生硬冷僻的科学知识深入浅出地讲解出来,变成一种由理解升华而出的认知,虽然读的是小说,却是一次与科学接触的过程。此外,作者还独创出许多自己构思出来的科幻奇物,比如:脑电波解析器可以使隐身法失效;聪明机可以给学生们灌输"知识迷魂汤",使他们每个人都能成为高才生;阳光罐头可以像压缩饼干一样把阳光储存起来,打开盖子,一大束阳光便会从里面迸射出来,可以使用五分钟;时间秘宝可以控制时间,凭借它进入任何一个想去的年代,甚至修改时间和历史;物质复制机能将任何物质在瞬间复制成千上万份……这些科幻奇思让人耳目一新,大开眼界,开启对未来世界的无穷想象。

小说背景虽多为中国,但叙述之中能看到西方科幻的影响。他将制造"未来少女"的人命名为威尔斯,显示了对科幻大家的致敬,还多次提到西方著名科幻小说及电影,如《超人》《蜘蛛侠》等,《保卫隐形人》中戴丽丝的隐形让我们想到威尔斯写的《隐形人》,射进怪物体内的子弹全部飞了出来,又让我们联想到施瓦辛格扮演的"终结者"。但在西方科幻影响下,杨鹏一直努力保持着自己的思索,如通过人物之口表述对机器人权利的维护,认为它们不应该被歧视与奴役,应拥有和人类一样平等的权利;克隆的利与弊;科学的正反两方面作用等,逐步加深着思考的深度。

当然,杨鹏的小说也存在着自己的不足,比如多部作品中均采用善恶对峙、正义与邪恶彼此较量的叙述模式,最后正义战胜邪恶,真善美战胜假恶丑,矛盾的解决较为简单。与这点不足相比,少年主人公、少年式思维、少年式语言则让人感到别开生面,独步当下,其对中国少儿科幻界的引领意义及对当代校园阅读的影响不可小觑。

马传思是少儿科幻作家中的代表人物,不仅创作力旺盛,且作品具有一定社会影响。2015年以后的科幻作品包括《冰冻星球》《奇迹之夏》《图根星球的四个故事》《水母危机》《蟋蚁之城》等。马传思的作品对童心的刻画与描述较为突出,能够通过简单的对话与情节将儿童的纯稚、天真、美好与善良充分展现出来,作品带有某种具有穿透力的洁净与温暖。在其创作过程中,一直专注于少儿题材,将科幻创意与少年儿童的心灵成长相结合,格外关注他们逐渐走向成熟的过程。

《冰冻星球》描写了"拉塞尔星"这颗冰冻星球上的故事,星球上生活的主人公少年塞西,和他的同伴恩雅、伊吉被冰雪暴卷走,困在巨石阵中,塞西被鸟拖进巨石缝隙,意外发现了一个黑匣子。当他们返回家中,却发现家族巢穴被袭击,于是他们寻迹追踪。之后经历了各种奇妙的探险历程,塞西捡到的黑匣子为袭击他们家族巢穴的半机械化生物所有,这些半机械化生物正在寻找黑匣子,但匣子到底有什么秘密不得而知。

当谜底揭开,塞西终于知道,一千多年前地球飞船的降临使拉塞尔星球迅速发展,但三百多年前拉塞尔星与福特星两者轨道几乎相交,使拉塞尔星遭到巨大冲击,变成了一颗冰冻星球,运行轨道发生偏移。于是有些人躲入地下成为隐居者,将许多科技成果储存在黑匣子中。此后,他们无法适应星球表面的环境,生育力下降,因此制造出能在星球表面生存的地表人,塞西他们便是被制造出来的地表人。现在拉塞尔星面临有史以来最大的灾难——将被另一颗星阿贝尔星吸引过去,发生毁灭性的天地碰撞。如何躲过这一劫难成为所有人关注的事情。最终科学家们召回藏在星球轨道上的隐形飞船,打败土王和邪教组织的进攻后,准备乘飞船踏上前往地球的旅途,寻找生存下去的希望。

可以看出,马传思的创作将科幻天马行空的特征体现得淋漓尽致,既有关于宇宙、星球的恢宏庞大,也有人物现实中的喜怒哀乐,通过种种奇遇式情节将科幻大背景与现实小人物很好地结合起来。

少儿科幻作家彭绪洛以少年冒险题材著称,大部分作品均涉猎冒险题材。如《少年冒险王》《楼兰古国大冒险》《郑和西洋大冒险》《虎克大冒险》《宇宙冒险王》《我的探险笔记》等。他是为数不多的专职作家,写作是其人生的主业与生存状态。而他的冒险题材从不是主观臆想出的情节,而是亲力亲为实地考察之后得出的真实感受。到沙漠、雪山、遥远的异族边陲等荒僻之地,真实冒险经历使其小说富于感染色彩。他曾自驾穿行荒无人烟的滇藏线、川藏线、青藏线,攀爬几千米高的哈巴雪山,徒步穿越敦煌段雅丹龙城、神农架无人区和古蜀道,到达楼兰古城、塔克拉玛干沙漠、高昌故城、塔里木盆地等人迹罕至的地方,在每一次探险过程中都会忠实记录,凝成厚厚的探险笔记。《重返地球》(2016 年)、《宇宙冒险王》(2018 年)、《平行空间》(2020 年)等大多来自日常探险式生活的积累,追求知识的正确无误,加入大量地理学、气象学、历史、文化知识内容是其一贯的风格追求,也正是在此基础上,彭绪洛的科幻小说均显示出极富个人色彩的叙述特征。

《宇宙冒险王》是彭绪洛少儿科幻作品中最能代表个人风格的系列丛书,共有十册,是科幻与冒险两大主题的融合,臆想中的科幻元素、未来设想、宇宙畅游和现实中的冒险情节以虚构与真实两种极端有机结合在一起,以及西方玄幻式风格的渗入,使其作品具有一种特殊的张力。可以看到勇敢的地球少年巫子涵、伊赛亚、穆巴砂、白若曦在宇宙探险过程中起伏跌宕的心理波动,面对异星球的敌人,爆发出超越年龄的勇敢与智慧,每一次与邪恶的斗争均令人扼腕唏嘘。因为作家有极为丰富的冒险体验,因此在叙事中驾轻就熟,将心理活动细致入微、畅快淋漓地描述出来,让人有强烈的体验感与代入感,易引起小读者的共鸣。

小高鬼是工作在小学语文教育一线的教师,与孩子们较多的接触使其对少儿读者的阅读需要有着更深的理解与认知,长期的专栏作家经历又使其拥有了深厚的创作经验。2015 年后的主要代表作有《鲸灵人传奇》《捉住一颗星辰》《海风捎来一座岛》《谎言修复师》《时光里》。他的科幻小说常带有典型的儿童文学特征,并充分注意到情节的趣味性、真实性,且热衷于将中国传统历史文化渗透文本之中,在科幻创作中自觉担当起向下一代传播优秀传统文化的责任。在定位个人的创作方向时,努力“把历史事件或历史人物或现实存在的地理名词科幻化,并与现实与未来链接起来,也就是当大部分科幻都是在向前看、向未来看的时候,我的科幻向后看,回头看……”。“历史性”与“科幻化”是小高鬼创作的两个特色,也是显示其不与人同的文本特征。我们可以看到在《捉住一颗星辰》中遍布的历史人物与历史风貌,极富作家的个人气质。

《开心机器人》系列是少儿科幻作家凌晨 2019 年度最具代表性的作品,包括《神秘机器人》《黑暗大冒险》《重返旧时光》三部。主要人物是三个性格各异的五年级学生,好脾气的徐小胖、学霸张小磊、小霸王宋东,他们无意中来到“未来无限智能机器人制造基地”,带回一些零件后张小磊便开始着手组装机器人,并为其取名“开心”,它可以随着环境的变化而改变自身的形状和颜色,且智力在不断提高。三个孩子跟随“开心”经历了外星旅行、穿越时空、将报废的汽车改造成低空高速飞行器等,游历了奇妙无穷的未知世界。

小说中有探险,有学校生活,有科学发明与创造,有对未来的思索,有同学之间的矛盾和友情。人物以不同的思维方式和行为方式出现在读者面前,互相弥补互相纠正。情节在这三个人物与机器人开心的交往和纠葛中向前推进。经过一系列情节之后,我们可以看到人物性格的合理发展,而脱离了符号化、脸谱化的泥淖。

小说不仅情节跌宕起伏,且并未忘记科幻文学的另一功能,对普及科学知识的热情。这里我们不仅可以看到科技前沿知识,如围棋的人机对弈等,关于阿尔法狗与围棋大师对弈的思索、智能机器人的前景、机器人能否取代人类等,为孩子们打开了一扇认知新世界的窗户。

此外,《开心机器人》系列在小说的结构上也进行了有益的尝试,突破了传统单一的讲故事模式。系列中的每本书都由四部分内容构成。除了以"说书人"面目出现的作者,讲述最为关键核心的故事情节外,又合理地插入了"科普咖""美绘家""番外哥"三种叙述身份。"科普咖"由专业科学人士负责小说尾部一些科普功能知识的撰写,如人类大脑的功能、机器人的知识、计算机的发展等;"美绘家"负责书中所有彩色和黑白插画,以及连环漫画和文本中随时出现的各种图案,如工厂门上的标志牌、机器狗的模样、核裂变示意图等,以图画的形式讲述部分情节内容;"番外哥"负责小说尾部变换视角后的"番外故事",将主线外的小故事补充进来,由另外的叙述人开心的机器人好友讲述出来,彻底改变小说的徐小胖视角,带来新的观察角度,读者可以看到那些没有提到的情节,甚至徐小胖在别人眼中的样子。

作家郑重有文学编辑、记者、大学教师等多种人生经历,所关注的题材领域也多种多样,包括社会新闻界、企业家、风云人物等,科幻创作是其关注人类未来命运的一种方式。而其创作观中又具有传统的科学启蒙精神,认为"科幻不是妄想,科幻创作更需要尊重科学,需要建立在科学知识的基础上,涉及知识点的运用必须慎重,不能让伪科学混迹其中。对未来科学前景的预见要以已知的、真实的知识为依据,否则这种预见就是无源之水,无本之木,贻害青少年"。这种对科学原理的认真探究,对启蒙责任的明确意识使其科幻作品带有求真务实绝不妄言的严谨色彩。

在《大海啸》中,23世纪的人类科学家程思华与女儿华华在海底遇到了一系列神秘而危险的处境,蛙人国、古堡迷宫、黑洞之门、星球爆发、奇异怪兽、时空隧道,每一次都有粉身碎骨彻底覆亡的可能,在种种离奇、荒诞与恐怖的灾难面前,人类与蛙人族携手战胜灾难,不顾个人安危使更多生命得以保全。小说对各种惊险场面的描述十分细腻,充分调动读者的各种感官,将视觉、听觉甚至嗅觉高度结合起来,使读者生出一种亲临现场的感觉。其中充满正能量的父女二人,他们美好的精神世界与自我牺牲精神是完美人类的代表与化身,寄寓着作者对理想人格的设定。

汪玥含的《世纪之约》是一个地球人援助外星人,并成功将其从黑暗势力的侵略中解救出来的故事,以儿童的视角反映了宇宙间的友谊与捍卫正义、互相帮助的朴素价值观。

地球男孩小文偶然发现了一个珊瑚构成的星门,从地球穿越到外星球白砾星。这个星球上出产一种砾矿,可以带来巨大的能源,而暗黑王却带着黑暗势力抢夺砾矿,与白砾星人战争多年。当砾矿几近枯竭,白砾星上的谷帝让小文和他女儿(即白砾星公主谷伢)回到地球,寻找战胜暗黑王的方法。于是谷伢游历地球,感受地球的种种奇妙。当小文的父亲将他们二人带到卫星发射中心,他们对谷伢进行了仔细的询问,最终决定帮助谷伢,到白砾星与暗黑王战斗,解救他们的族人。于是他们穿越星门来到白砾星,与白砾星人一起战胜了暗黑王。两个好朋友小文与谷伢约定在第三个星球见面,乘坐需要跨越一个世纪行程的飞船完成世纪之约。

小说采用了常见的正义与邪恶相斗争的主线,将地球视为宇宙的一分子,地球生命与异星生命之间的互相交流与沟通,彼此协助扶持,在善意温和的叙述氛围中将善良、朴实、真诚、友爱的价值观输入到小读者的心中。

王林柏的《拯救天才》既有少儿科幻的奇异情结,"幻"的因素浓郁,同时也有儿童文学特有的对成长的关注。因为作者大学期间学的是应用物理专业,在科学知识方面较为擅长,因此整部小说可以看到各种物理名词、物理名人、物理常识等,将偃师、牛顿、阿基米德等作为小说人物,以现代少年麦可穿越时空去拯救古代著名的能工巧匠偃师为主线。麦可智力超群,知识渊博,却难以与人相处,几乎没什么朋友;乔乔则平凡热情,性格温和。在拯救古人偃师的过程中,他们不仅领略了西周的生活环境与人文气息,同时麦可也了解到古人坚定不移的理想,反思了自己的孤僻与骄傲,变得更加善解人意。

小说在通常的穿越时空这一科幻背景下,真实反映了现代儿童所面临的性格缺陷、友谊缺失等问题。奇特的科幻情节为少儿读者们提供了可供借鉴的成长范本。

在少儿科幻作家中,有些作家非常难以归类,因为他们常常超越少儿题材,显示出复杂多元的创作风格,能够驾驭多种题材与叙事技巧,并常常超越少儿科幻的边界,向成人科幻发展,或许用"少儿科幻作家"一词很难概括其创作的全貌,如彭柳蓉。2016 年《怪物》中的爱情、陨石怪物、人与怪物的基因融合、心灵感应,弥漫着扣人心弦的惊悚氛围。2018 年的《控虫师》曾被归入"言情""网游类""都市类"等各种小说类型,其中的孕妇的虫胎、人的变异、死人复活等情节显示出与少儿科幻小说范畴相去甚远的倾向。

《机甲梦想》是彭柳蓉少儿科幻小说中的一篇,有着某种代表性。生活在社会底层的少年苏影在学习机械修理过程中,想成为父亲那样的农业机甲师,并最终从机甲残骸中得到梦幻机甲晶核,战胜星际逃犯刺虎。这里有梦想,有亲情,有勇敢,有积极上进的人生追求,为少年读者们提供了某种可供借鉴的人生楷模。而 2020 年《我的同桌是外星人》则带有更多童话的色彩,与普通少儿科幻品相比倾向于更为低幼的读者群。作者游刃有余地行走在无穷无尽的科幻领域中,随意采撷自己感兴趣的花束,而从不将自己的风格定于一尊,这反映了科幻小说类别的跨界性,科幻与其他类型文学相融合的可操作性,同时也彰显了作家的多种潜力,正是这种令人可喜的混融风格,使得中国科幻文坛显现五彩斑斓的景象,超越了以往少儿科幻小说单一、单义、简单、单纯的色彩,显示了丰富的内涵与发展可能。

我本人也一直从事少儿科幻创作,偏向纯文学风格,科幻评论家王卫英曾对我的作品有这样的评价:

> 徐彦利是少儿科幻作家中较为典型的"软科幻"作家类型,20年的写作基础与文学博士学历为其创作提供了较大的发展空间,但文科背景本身又成为限制其科学视野的局囿。因此,在她的小说中可以看到丰富的想象力与回避科幻硬核并存的特征。小说往往借某个科幻创意层层展开,潜入人物内心深处,注重人物形象塑造与性格展示,注重对人物语言、心理把握,而对情节中涉及的科学原理则顾及不多。其文学观念认为科幻文学虽然是一种极具特色的类型文学,但应与纯文学保持血脉相关的联系。好的科幻小说在剔除科学性与科幻创意后,情节与人物依然可以打动读者,给阅读以巨大的推动力,而未来的科幻文学必是与纯文学合流的结果,只有将普通读者拉入科幻阵营,才能使科幻文学发展壮大,成为社会阅读的宠儿,过度强调科幻文学的科学性及科普性等对科幻的发展并非上策。
>
> 徐彦利是少数专注中篇创作的作家,2015年后的主要中篇小说有《超级病毒》《异太空"蘑菇"》《门卡乌拉的护身符》《虚拟生活》《地幔蹼人》《世界之脐》《我的四个机器人》《心灵探测师》《鬼点穴》《魔鬼之吻》《永生的劳拉》等,短篇《我的机器人朋友爱丽丝》《陆士谔的2149》《奇树》《隐身衣》《时间银行》等。纵观其作品的风格,可以发现叙述语言的诗意性、叙述节奏的韵律性,对人物心理活动的开发是其关注的焦点。其作品从不急匆匆直奔引人入胜的科幻创意,而是聚焦科幻环境中"人"的存在、

"人"的思想及"人"的成长,有条不紊地分析人物心理变化、环境对人物的塑造、人物性格与行为的逻辑性。《心灵探测师》中贫儿李小仙代替富家公子进入豪门生活后,内心丰富的变化,富家公子白浪一无所有后从绝望、恐惧到把握一线生机、拼命努力,以引起命运反转等都写得入情尽理、较为成功。《我的四个机器人》中人与机器的情感的建立,现代人骨子里的孤独感及对机器人的依赖,非常细致地将主人公心理的种种变化描摹出来,发掘人物心理变化的微妙性、逻辑性是其重要的创作特色,在少儿科幻作家中风格较为独异。

陆杨的小说善于使用悬念,并多以神秘的异域文化为叙述背景,《探险小龙队》是其核心创作品牌,分为若干系列,从古代历史、海洋文化、星际探索、远古文明等领域分别进行创作。如《奇迹之旅》《少年秘境探险》《少年遗迹探险》《星际之旅》《海王号奇幻大冒险》《文明之旅》等,以埃及金字塔、罗得斯岛巨像遗迹、百慕大、复活节岛巨石阵、古巴比伦空中花园遗迹、已沉没的太平洋上的"姆文明"、中国万里长城,传说中的根达亚文明、亚特兰蒂斯文明以及虚构的太阳系八大行星文明,这些异域文化的设置不仅制造了亦真亦幻的叙述氛围,让读者获得奇妙的游历体验,更为读者普及了天文、历史、地理、生物等知识。

超侠是一位富于童心与创作灵感的作家,创作总字数已超千万,令人目不暇接。作品常集科幻、悬疑、武侠于一身,富于独特的侠义精神,在科幻世界里行侠仗义的少年是其独具特色的主人公。《超侠小特工》系列是超侠2015年后的代表作品,延续了之前悬疑、惊悚、冒险风格。小特工奇奇怪与王牌美少女龙玲珑侦破多起世界未解之谜,情节惊心动魄,对话幽默风趣充满调侃,人物性格透露出积极乐观的精神,在任何情况下都充满好奇、不畏艰险。人物虽然多是少年,却是非分明,豪气干云,能够扶危济困、帮助弱小,体现了侠义之风。超侠小说的画面感强烈,叙述节奏紧张激烈,非常适合影视化,《超侠小特工》已经改编成动画片,获得了较好的市场反响。

艾天华的哲学硕士教育背景使他不可避免地成为一位颇具思辨意识的作家,但在少儿科幻小说中怎样将哲学思考浅显化、趣味化则成为他写作中最为关注的部分。《臭脚丫惹来大麻烦》《小飞船遭遇大灾难》《泪光陨石》《天香》等作品中常聚焦生存还是毁灭、发展还是沉沦、欢乐还是灾难等双向选择题。《天香》述说的也是与此相关的未来话题——外星文明对地球生命的拯救。有所创新的是《天香》采用了一种诙谐幽默的叙述方式,从一只象征地球环境毁坏的臭袜子开始,故事逐渐铺陈、跌宕曲折,直至地球人和外星人彼此取得信任,开始交往并且相互拯救的完美结局,情节生动曲折,引人入胜。

此外,谢鑫的侦探题材《乔冬冬校园科幻故事》,八路的军事题材《海军陆战队》,陆杨的科普型科幻小说《小鱼大冒险》,姜永育的防灾避险题材《地球密码:自然灾难大历险》,秦萤亮融入儿童文学特征的《百万个明天》等作品也各具特色。可以说许多少儿科幻作家都超越了20世纪叙事风格的"少年化""科普化""知识化",及情节的"单线化""去复杂化",主题积极进取,严格与主流意识形态保持一致的态势,主动投入更为广阔的科幻想象空间,作品的风格也呈现出难以一言尽述的复杂特征,使少年读者们获取多种知识、体验多种叙事风格成为可能。

各种类型的少儿科幻作品应运而生,包括科普型、人文型、心理型、历史型、文化型、低幼型,充分投合了现代青少年对各类科幻文学的不同需要。在中国科幻文学的大家庭中,少儿科幻文学作为飞速发展的一翼不仅取得巨大成就且未来可期,显示出蓬勃苗壮的良好态势。

(原载于《中国科幻发展报告(2015—2022)》)

浅谈儿童文学与科幻文学

姚海军

不久前,第十一届全国优秀儿童文学奖公布获奖名单,吴岩的《中国轨道号》、马传思的《奇迹之夏》两部小说作为"科幻文学"荣列其间。这是这一竞争激烈的文学奖项连续两届用扩大份额的方式对科幻文学日渐火热的创作现状作出的积极回应。

近年来,不仅《科幻世界》这样的传统出版机构动作频频,各种新兴出版平台或产业机构组织的科幻征文也层出不穷,呈现出新人不断涌现、作品发表量逐年递增的态势;与此同时,科幻的"吸纳"效应也日渐显现,一些主流文学作家或非科幻类型作家开始涉足科幻小说创作,与国际上一些重量级非科幻作家石黑一雄、艾尔维·勒泰利耶等纷纷切入科幻写作的潮流形成有趣应和。

少儿科幻文学创作也已经成为一片热土,这同样是多种力量聚合的结果。首先,是张之路、吴岩、杨鹏、星河等一批科幻作家在这一领域内的长期耕耘,他们分别从儿童文学与科幻小说两个主体出发,探索了少儿科幻文学写作的诸多可能性和基本原则,加上郑文光、童恩正、肖建亨、叶永烈、刘兴诗那一代作家的探索,这一过程可以说持续了将近七十年。虽然科幻文学起起伏伏,其间也有中断,但少儿科幻文学则是科幻文学中持续最久的一脉。

其次,近年涌现出一批专攻少儿科幻文学写作的新秀,如王林柏、赵华、马传思等,他们为少儿科幻文学创作注入新鲜血液,带来了新的变化与生机。其中,王林柏和赵华已经分别凭借《拯救天才》和《大漠寻星人》获得上一届全国优秀儿童文学奖。

与此同时,还有越来越多的成人科幻作家开始涉足少儿科幻小说写作,如多次获得中国科幻银河奖,以太空歌剧、硬科幻著称的江波已经出版两部少儿科幻小说,《三体X》作者宝树也创作了一部儿童科幻小说,并将于近期出版。

本次获奖的两位作者中,吴岩在20世纪90年代就创作出版了儿童长篇科幻小说《心灵探险》和《生死第六天》,而且他的相当一部分短篇作品也可以划归到少儿科幻文学范畴。吴岩不仅是一位作家,还是一位科幻理论家,是我国第一位科幻博士生导师,《中国轨道号》标志着他在长期从事教学与研究后创作的回归。

《中国轨道号》围绕着将空间站“中国轨道号”送上100千米绕地轨道而展开的一系列技术攻关展开。这些技术攻关包括“中国轨道号”的舱门设计、“中国轨道号”宇航员的备用通信设备和非硅计算机研究(先是溶液计算机,后转到生物计算机方向)等。十岁的小主人公“我”虽然无法直接参与这些工作,但与参与攻关的科研工作者有着密切联系,成为一系列事件的观察者(甚至不仅仅是观察者)。在科研攻关进程中,小观察者当然性地选择了他最感兴趣的那部分加以记述,加之一开场时他还作为核心人物完成了对北京地下水系的探索,让故事充满了童心、童趣和一丝超越时空的怀念。

《中国轨道号》成功塑造了一系列关键人物,军事装备所果断的新领导顾阿姨,争强上进、有些固执的王选,外冷内热的周翔,甚至包括有智力缺陷的冬冬,每一个人都性格鲜明,跃然纸上。其中,老汪可以说是这些人物当中最为典型的一个,他是大院中的科学怪人,不善与人交往,却思维活跃、观念超前,为解决宇宙飞船降落通过黑障区时的通信问题提出了超越时代的科学理论。但也正是这种超越性,导致了他人生的悲剧,最后郁郁而终。

《中国轨道号》很好地处理了科幻小说创作中的一个普遍性问题——幻想与现实的衔接。作者没有像大多数科幻作家那样将故事发生的时间放在未来,而是巧妙地放在已成过去的 1972 年,作者的亲身经历,让小说极具生活质感。作者充分考虑到科学幻想与时代的兼容性,让读者虚实难辨,以至于在评奖过程中,有评委还因此产生了这是否是科幻小说的疑问。

将比较前沿的科学幻想融入儿童文学之中是具有挑战性的。针对儿童这一特殊读者群体,作者必须解决前沿科技所带来的疏离感。成人科幻要保持甚至主动建立的疏离感,少儿科幻文学却要主动去消弭它。这是所有少儿科幻文学作家要面对的问题。一般而言,儿童文学出身的少儿科幻文学作家在此问题上往往表现出更强的本能;成人科幻出身的少儿科幻文学作家却往往需要强化这种自觉。吴岩和马传思通过自己的创作,为少儿科幻文学写作当中这一问题的解决树立了典范。

马传思的写作风格还未定型,对于少儿科幻文学写作,他也有着强烈的探索意愿。在《你眼中的星光》中,我们感受到的是恬淡和美好,甚至一种诗意;科幻与现实水乳交融,融合出一种独特的意象。在《冰冻星球》中,他试图将强设定融入少儿科幻小说,儿童文学的属性有所弱化,但科幻感得到了加强。而在《奇迹之夏》中,他又试图在儿童文学与科幻之间寻找平衡,在回归纯真的同时,展现世界的复杂性和对抗宿命的勇气。

《奇迹之夏》的故事由雾灵山上的神秘闪光引发少年阿星的好奇开始,写阿星与史前穴居人女孩望月的一段短暂交往。望月穿过时空裂隙来到现代人的世界,阿星则帮助望月寻找回家的路。阿星在最后时刻才知道,望月要回的那个远古世界,穴居人与我们人类的祖先正在进行着最后的决战。虽然结局不言自明,但望月还是毅然选择走向时空裂隙。尽管阿星的眼中充溢着泪水,但他也深知,正如赫拉婆婆所说:"生命终究是一个人需要独自面对的事情。"

《奇迹之夏》是纯净的。它简化了事物之间的因果互动(这在一定程度上违逆了成人科幻的写作原则),最大限度展现出了人性的光明。在对科幻写作不断的探寻中,温暖、纯净,已经成为马传思科幻的鲜明标记。

虽然吴岩与马传思的作品呈现出明显的差异性,但他们的艺术追求有着相近相通之处。首先,是他们都致力于让少儿科幻文学带上足够的科技感和未来感。因为读者的特殊性,现在市场上不少少儿科幻小说中的科幻创意都是已经高度普及的设定,比如时空门、外星人等,很多时候,其中的未来科技也被魔法化,沦为一种道具。《中国轨道号》和《奇迹之夏》则重新找回了科幻小说特有的那种科技炫酷感和科学探索的乐趣。毋庸置疑,这是他们对少儿科幻文学的突出贡献。

其次,是他们在书写的过程中都充满了爱意。茅盾文学奖得主阿来曾说过这样一句话:"小说的深度不是思想的深度而是情感的深度。"这句话或许会引发不同的意见,但我觉得,最起码对少儿科幻文学是切中要门的。正是爱,建构起《中国轨道号》和《奇迹之夏》广阔的文学空间,让我们意犹未尽、流连忘返。

近些年参加不少围绕少儿科幻文学创作开展的研讨活动,我在感受儿童文学界对科幻文学的殷切期望的同时,也一直在思考一个问题:科幻能够为儿童文学增添些什么?

这个问题的答案见仁见智,丰富多样,但至少应该有这样三个选项:想象力、好奇心和探索精神。

爱因斯坦说"想象力比知识更重要"。我们都知道这句名言,但对想象力的重视并不够。在我们以往的教育中,想象力很多时候被排在具体的知识之后,少年儿童的想象力甚至呈现出与年龄成反比的态势,"保卫想象力"已经成为我们必须认真对待的课题。科幻小说探讨未来的各种可能性,解决"如果……会怎么样?"的问题,它的核心正是想象。儿童文学对科幻小说的吸纳,无疑增强了儿童文学的科学幻想基因,有助于少年儿童做好迎接未来的准备。

　　科幻小说纵横古今时空，又多以神秘、悬疑之处切入，并辅以科学之美、逻辑之美、科技之玄妙，对读者的好奇心的调动是其他文学形式不能比的。而好奇心，尤其是对科学的好奇心，对儿童成长是非常紧要的。它就像一粒神奇的种子，只要播下，就会在合适的条件下生根发芽，从而改变人的一生。让孩子们对世界、对科学充满好奇心，应该成为少儿科幻文学的一个使命。

　　在好奇心之后，则是对探索精神的激发。尤其是在当下这样的时代背景下，我们的少年儿童更应该多增加一点探索精神，这是阳刚之气的重要组成部分；少年儿童应该逐渐成长为行动派，勇敢地面对未知，去探索科学、探索世界，或者为将来的探索做好准备。能够让小读者受到探索精神感染与熏陶的优秀少儿科幻小说，是对偏重柔美的儿童文学的重要补充。

技术启蒙、类型化写作与多元化美学

——2019 年儿童科幻小说创作述评

姚利芬

题　记

人工智能、太空、外星人题材是 2019 年儿童科幻文学创作的重点。对"儿童与机器人""儿童与外星人"等关系的构拟,有助于培养儿童博大的生存哲学意识。科普型科幻的重提、个性化写作的尝试丰富了儿童科幻作品的样貌。伴随着作家数量、作品类型、题材、风格的拓展,儿童科幻文学的商业化写作倾向开始凸显。如何书写社会转型时期的儿童精神生活内容的变化,是创作者接下来的挑战。

2019 年共有 60 余种中长篇、90 余种短篇原创儿童科幻小说出版发表,涉及 40 余家出版社,近 30 家期刊。作品数量、出版发表平台较以往稳中有升。这些出版社以各地的少年儿童出版社和科技类、教育类出版社为主。一些出版社已将儿童科幻小说当作一个重要的品牌来经营,设立专门的科幻编辑部,依托科幻创作赛事,打造少儿科幻图书品牌及产品线,每年固定出版一批科幻图书。较有代表性的如中国科学技术出版社的"新锐"系列、安徽少年儿童出版社的"时光球"系列、广西师范大学出版社的"神秘岛"系列、希望出版社的"三点"系列等。刊发儿童科幻短篇的期刊涉及科幻类、科普类、纯文学类、漫画类期刊等,《科幻世界·少年版》仍然是刊发儿童科幻作品的重镇,其他还有《科学启蒙》《东方少年》

《课堂内外》《知识就是力量》《漫客·小说绘》《科学画报》以及刊发纯文学作品为主的《十月·少年文学》《中国校园文学》等。

从 2019 年度儿童科幻小说创作的作者群来看,出现了较明显的"位移"。除了像杨鹏、赵华、马传思、陆杨、超侠、彭柳蓉、徐彦利、小高鬼等有明确"儿童科幻作家"身份的核心作家群之外,凌晨、江波等以创作成人科幻为主的作家以及从事儿童纯文学创作的作家、畅销书作家也自主地或是在出版社编辑的策划组织下加入了儿童科幻小说的写作阵营。

具有不同文化背景作家的介入丰富了儿童科幻作品的价值体系和艺术准则,使得 2019 年儿童科幻作品呈现出纷繁多元的面相:有基于对科学与儿童关系的反思批判而构织的温情、趣味兼具的科幻故事,也有将科幻、探险、战争、悬疑等元素融为一体的游戏化超文本科幻。这两种创作分野与日本以及西方一些国家关于"艺术的儿童文学"和"大众的儿童文学"的划分遥相呼应。

2019 年的儿童科幻小说题材除了继续书写常见的异时空世界、克隆人、脑科学之外,对人工智能的关注有所增加;人物塑造多围绕几种典型的科幻形象——机器人、外星人、克隆人、隐形人等展开,由此衍生出对人工智能、超能力与儿童关系的探讨;儿童科普型科幻开始被重提并得以发展。长篇儿童科幻小说系列化、套书化出版现象明显,不乏商业化注水之作。相较而言,短篇科幻反倒涌现出不少佳作。

一、人工智能的儿童化书写

王泉根认为,"智人体"是幻想文学的一类典型形象,主要存在于科学幻想文学中,包括机器人、外星人、克隆人等形象①。人工智能是继外星人、克隆人等常见的科幻题材之后,于近年涌现的科幻文学创作热点,也是儿

---

① 王泉根,赵静.儿童文学与中小学语文教学[M].广州:广东教育出版社,2006.

童科幻小说近年来创作较为集中的题材,主要围绕"人工智能能否变成拥有自主意识的存在""人工智能能否战胜人类""人工智能和人类共处的关系""意识储存与转移的可能"等思考展开故事的架构。儿童科幻作品关注机器人对儿童的影响,对孤儿、亚孤儿、有自闭症的儿童等弱势儿童群体的生活、学习介入弥补的可能性,拟想机器人的介入对儿童人际信任安全感和心理健康等带来的可能影响。

刘芳芳的短篇《来自他的父爱》写了这样一个故事:患有脚疾的"亚孤儿"小尼,先是父母离异、父亲组建新的家庭,之后母亲因病去世,与外祖父一起生活。父母的缺位使得少年小尼家庭教育处于不充分或缺失的状态,外祖父为了弥补这一缺位,给小尼打造了一名机器人父亲——卢卡。卢卡的脑芯装有身为人父的责任与意识,一步步带领小尼由原本孱弱、自卑的小男孩逐渐成长为一名真正男子汉,小尼与卢卡的关系也经历了拒绝—被迫接受—融洽相处的过程。小说刻画了聪明可爱的机器人形象卢卡,他对小尼的教导既有程式化的责任感,又不乏温暖动人的情愫。这篇小说是同类作品中的佳作,但美中不足的是,小说的前半部分结构略显失衡,花太多笔墨铺叙了小尼的家庭背景。

陈茜的《道格的秘密》以抽丝剥茧的"破谜"之笔层层切入,少女一雪到最后发现真相:由病转好的金毛狗玩伴道格、陪伴自己多年的父母均为仿真机器,而亲生父母早已在一雪幼年时的一场车祸中去世。作者"安排"一雪对这一切选择了接受——"她才不在乎他们皮肤下是血肉还是金属呢,他们是陪她长大的人,有无数共同的回忆,将来还会有更多"。小说中的仿真机器人与自然人类并无二致,几乎可以完美地成为人类的替代品。

丙等星的《"忠实的"伙伴》是一篇饶有趣味、耐人寻味的作品。小说围绕少年儿童与机器人玩伴的关系展开,构想了当机器人玩伴作为一款儿童玩具类的产品被普及,会发生怎样的链条反应。小说塑造了萧镜与唐轩这对因隙而疏的朋友,萧镜有了父母赠送的机器人玩伴小鹏后,一度沉迷其中,小鹏能在语言和行为上刻意讨好主人,让人觉得它是世界上最棒的朋友和伙伴。直到某一天,萧镜得知这款产品的负面效应:使用者会过度沉迷于这款产品所构建出来的所谓顺畅自如的讨好型虚拟世界,甚至逐渐丧失在人类社会的社交能力。相比自然人类的复杂情感,与电子产品交流显然会轻松很多。作品富于哲学思辨意味,思考了人类与机器的一种关系型:人类自以为拥获"机器挚友"之际又何尝不是被机器反控制之时?

攸斌的《我的神秘同桌》刻画了"我"智商高、情商低、不懂变通的机器人同桌杜小度。该作者的另一篇作品《智"逗"机器人》写了机器人与人较量的小故事,机器人在脑筋急转弯、魔术等"把戏"上败北于人。两篇故事充满谐趣,隐含共通的设定是机器人变通性不够,不可能全然超越人类。除了专以机器人为主角来塑造的作品外,还有一些作品将机器人当成一种推进情节进展的符号性装置。何涛《唤不醒的机器人》借一个因不满地球生态恶化而自我关闭、若干年后被唤醒的机器人的视角,表达了对当前地球生态恢复的期冀。

长篇小说对人工智能的书写多结合历险、侦探、战争等元素展开。姜永育的《大战超能机器人》讲述了机器人金刚不满人类的奴役,与其创造者杰姆博士斗争的故事。机器人金刚外表看上去与人类无异,具备了人类独立思考、对各种事物做出判断和应急反应的能力,更重要的是还拥有智慧和情感,它对人类主人的叛逆和反抗的形象俨然如孙悟空一般跃然纸上。姜永育的作品富于理趣,致力于讲好精彩的科普科幻故事,不太重视人物形象的刻画以及心理、情感描写。

《开心机器人》系列是科幻作家凌晨2019年度的作品,也是其类型化写作的尝试,包括《神秘机器人》《黑暗大冒险》《重返旧时光》三部小说。该系列主要人物是三个性格各异的五年级学生,好脾气的徐小胖、学霸张小磊、小霸王宋东。这与致力于儿童文学类型化、商业化推广的杨鹏的模式化设定一致:一般设计三名少年人物形象。《开心机器人》中的三名儿童无意中闯入"未来无限智能机器人制造基地",利用带回的零件组装了名为"开心"的机器人,它可以像变色龙一样随环境的变化而改变自身的形状和颜色,且智力在不断增长。三个孩子跟随开心经历了外星旅行、穿越时空、将报废的汽车改造成低空高速飞行器等,游历了未知世界。小说的情节设定符合类型化儿童科幻作品的一般模式:因某种契机,主人公获取超能力,或拥有了具备超能力的玩伴,由此开启历险之旅。

马来西亚作家许友彬创作了人工智能科幻三部曲《听说你欺骗了人类》《醒来还能见到你吗?》《你在我的宇宙里仰望火星》,其中前两本已由浙江少年儿童出版社于2019年引进出版。该系列作品围绕儿童的家庭、校园生活,设定了AI母亲、AI保姆、AI秘书形象,与不同境况的儿童相映成趣:童童与AI母亲,AI保姆杏仁与孤儿甄聪明、甄美丽,小学生米糊与AI秘书,由此,探讨人工智能技术给孩子成长可能带来的影响。该系列小说将温情、悬疑、幻想等要素融在一起,故事较为吸引人。相关题材的作品还有牧铃的《智能少年·心灵大盗》《智能少年·人脑联机》、王勇英的《雪山上的机器人》等。

二、长盛不衰的外星人书写

太空题材是科幻作品中的经典类别,亚瑟·克拉克、艾萨克·阿西莫夫、拉里·尼文、罗伯特·海因莱因、波尔·安德森等科幻作家均有经典太空类作品问世。这些小说多描绘精彩曲折的太空历险,体现了深刻的探索宇宙的精神。外太空以及外星人是儿童科幻小说创作中经常书写的元素,2019年儿童科幻小说相关主题的中长篇代表作有江波的《无边量子号·启航》、彭柳蓉的《我的同桌是外星人》、杨鹏主编的《大战外星人》(国际版)、小酷哥哥的《神奇猪侠:外星人入侵地球》、杨华的《少年、AI和狗》等。短篇有赵华的《除夕夜的礼物》《阿尔法泡泡》、刘芳芳的《倒着生长的星球》、翟攀峰的《恐龙星球》、陆杨的《萨嘎星的蚂蚁人》等。

《无边量子号·启航》是江波对儿童科幻小说创作的一次尝试,以他擅长的太空歌剧叙事展开。故事从一场发生在 22 世纪全球性的毁灭开始,人类几近被艾博人工智能灭绝,幸存的人类被迫离开地球,进入太空生存。他们的第一站,是建设太空城和火星基地。少年李子牧和阿强在这种背景下登场,他们通过月球上的深井测试,赢得了成为"无边量子号"实习船员的第一关考验,后又经过射击考核、快速反应、飞梭驾驶、迷宫穿越、诗歌背诵等数轮考验,终于成为代表人类出征第二地球的一员。该小说显然受到了《安德的游戏》设定和架构的影响——遴选出优秀的儿童率领人类舰队对抗邪恶的人工智能。不过,江波对太空题材的科幻故事显然驾轻就熟,想象汪洋恣肆,在主打软科幻的中国原创儿童科幻作品中,为不可多得的硬科幻作品。

杨鹏主编的《大战外星人》(国际版)系列是国内作家首部与国外儿童文学作家、科幻作家联合创作的具有全球化视野的儿童科幻作品,意在尝试新的童书产业化路径。国际版的作者是由杨鹏及其团队从世界儿童文学作家和科幻作家中挑选出来的 15 位组成的创作团队,2019 年推出的国际版是作为同名书系的第二辑推出的。此次推出的国际版由来自美国、英国、博茨瓦纳的 5 位作家创作而成。小说延续第一辑杨鹏国内版的主题,围绕"外星和外星人""保卫地球""保卫人类"展开叙事。每部作品的主人公都是 11~15 岁不等的孩子,他们不但拥有对抗外星人的超能力,而且聪慧、勇敢、团结、有责任感。塑造这样一群拯救地球的少年英雄,无疑暗合了每个孩子内心深处潜藏的英雄情结。杨鹏早在 2015 年就在北京师范大学出版社推出了《大战外星人》,2018 年,该套书系由湖南少年儿童出版社再版。杨鹏多年来一直致力于儿童文学的"大众化""类型化"写作,充任儿童科幻文学"商业化"运作的"急先锋",其做法成效显著,也招来不少非议。此次尝试的积极意义在于,一定程度上丰富了儿童科幻文学的品种结构。

彭柳蓉的《我的同桌是外星人》是写给低年级儿童的科幻童话,类型化构思明显。作者将科幻元素与校园生活和家庭生活相结合,讲述一个外星小男孩在地球的经历以及与一个普通的地球小女孩之间的一段特殊的"星际友谊"。主人公是名叫朵朵的 7 岁小女孩,她与来自潘多拉星球的阿尔法既是邻居,又是同班同学,还是好朋友。在阿尔法的带领下朵朵经历了许多新鲜有趣的体验:星际旅行、到月球上玩、合作变魔术等。外星男孩阿尔法在作品中是近乎魔法师的形象,具有不断制造惊异感的能力。而他与地球人之间基于不同背景的相互审视,造成了审美上的间离效果。

实际上,很多标为"儿童科幻小说"的作品,尤其是以中低年级为读者对象的作品是科幻与童话的杂糅,即为科幻童话—— 一种交叉混合性幻想文体。小酷哥哥的《神奇猪侠:外星人入侵地球》讲述了偶然吃掉无限神果的安小帅,突然变成了一个长着猪头的人,拥有了千变万化的神奇技能,惹来了潜入地球的外星人的注意,由此引发一连串的故事。在该作的故事链条中,"无限神果"的设置具有夸张性和神奇性,符合童话的文体特质。台湾儿童科幻作家黄海认为,儿童科幻作品,十之八九为科幻童话。首先,幻想的边界性并非截然清晰的,而是模糊的,甚至经常是溢出边界的;其次,面向中低年级少儿读者的作品中科幻童话居多,因为这个年龄段的孩子不易理解繁复的科学设定,重趣胜于理,因而也不需要详尽叙述情节背后的科学支撑,这也导致儿童科幻作品中的"黑匣子"比比皆是。沐沐的短篇《记忆碎片》,写到克隆体为了拯救地球,以飞船撞向小行星的情节,作者并未交代是如何撞击的,究竟能否改变小行星的轨迹? 这种设定不在于"理",更多是为了服务于故事情节构思。逻辑上的断裂牺牲了科学性,导致故事叙事的随意性增加,但也使得故事读起来有随时可能爆发的惊喜感。

赵华在众多儿童科幻作家中一直显得很特别。这种特别基于以下几点:一是他的作品极为关注弱势群体,经常设定一个相对完满的结局,《猩王的礼物》中的脑瘫儿加西亚、《外星瞳》中的盲女贝蒂等皆是此例;二是作品的背景设定尤为钟情于他的故乡,选定西北贫瘠乡村,多以贺兰山为坐标,如《除夕夜的礼物》《世界第一朵花》等故事的发生地均为西北贫瘠干旱的简泉村,这种安排无疑增加了叙事的惊异感,也是作者在科幻书写中的中国化尝试;三是他的科幻作品既非类型化、商业化创作路线,也不汲汲于对科技感的追求,更侧重人物情感的刻画与描写,这与他以主流儿童文学作家的身份切入科幻写作的路径也有关系。外星人在他的作品中更多是推进故事发展的辅助性元素,他的短篇《除夕夜的礼物》《来自波江座》构思相近,均写到了误入地球的外星人,赵华无意于深入外星生命群落去探求可能的链接与逻辑关系,他更多将其视为一种闯入式的异己力量,笔墨更多倾注于地球生命,探索地球生命与外星力量的关系。

三、儿童科幻小说书写的多元化尝试

2019 年的儿童科幻小说创作除了围绕上述两种习见的科幻题材展开外,还出现了拆解科幻构想、极富科学思辨意味的科普型科幻作品。该类作品门槛较高,要求创作者有坚实的自然学科知识背景,刘慈欣对于科普型科幻这支“消逝的溪流”一直大力提倡。台湾科幻作家叶李华多年从事科普科幻的推广工作,近两年开始着手儿童科幻小说的创作。加州大学伯克利分校理论物理博士的学科背景,加之自幼饱受科幻的浸润,使他的创作充溢着浓郁的理趣。他在 2019 年发表了《独树一帜》《隐形奇案》《生日礼物》《爷爷的心事》《明明知道》5 篇短篇儿童科幻小说。《独树一帜》写了“我”在与爸爸妈妈的共同讨论中,如何分别围绕太阳、小行星、导航卫星编写一篇合格的科幻小说的故事。其中,“爸爸”是科学家的形象,不断纠正并引导“我”往一篇标准的科幻小说的方向去构思。该篇小说将科幻构思层层拆解,有一种反叙述化倾向,即把叙事行为作为被叙述的对象,讨论如何构思、铺陈情节。综合来看,叶李华的小说有着坚实的科学理论支撑,多以人物对话推进,充满对硬核科学思辨的乐趣。然而,这种不重情节推进、矛盾冲突、对话录式的写法,也导致了小说的弱情

节性,而其中的知识块则需要读者具备一定的知识储备方能消化。

如果依据面向的读者年龄段对儿童科幻小说进一步细分,我们会发现绝大多数作品是以小学阶段 7～12 岁的儿童为潜在阅读对象而创作的,该类作品大多具有溢出边界、卡通化、童话化、游戏化、商业化的倾向。面向 13～17 岁读者的少年科幻作品数量较少。马传思近年涉足少年科幻的创作,佳作频出。2019 年出版的《图根星球的四个故事》《蝼蚁之城》均是他写给少年读者的科幻小说。《图根星球的四个故事》由四个小故事组成,更像一个有象征意味的科幻寓言故事。少年马源、雌性图根人"艾玛"、壮年期的"士兵"、老年图根人"萨布"、智能生命"后羿"各代表生命的不同阶段,小说以这几个人物的视角,讲述了他们各自关于"寻找"的故事。现实在几个人物各自的想象中幻化成了一个颇具荒诞派戏剧的叙述情境,在互文互融中构织成复调的关于信仰的言说。马传思一贯坚持将其对生命的思考融入创作之中,他的小说沉潜而有诗意,结尾常常步入卡尔维诺式的轻逸之境,试图解构因思考带来的沉重感。

超侠于 2019 年推出新作《功夫恐小龙》,讲述了未来世界因环境极度破坏引发灾难,垃圾场长大的野孩子小龙接受孔星子的指导,野性渐收,为了改善环境,获取更多的食物供给村民们,前往垃圾山峰鬼蜥洞寻找能源的故事。小说将科幻、悬疑、武侠、冒险等元素融为一体,具有热闹、游戏、大话、戏仿的超文本狂欢化叙事特征。其作胜在天马行空的想象力,但整体叙事稍显粗疏。小说善用悖论式叙事策略设置情节:烤猪会说话、克隆孔星子和天宇恐龙、小孔星子复活了、天上掉下一堵墙、穿过村主任的躯体、恐怖的山路、能吞掉恐龙脑袋的大嘴巴……悖论是有意识地在叙事文本中将两个相互对立的主题(观点)、表现手法、叙述方式等共时态地呈现出来 [①],从而造成一种矛盾、荒谬的镜像,有助于增加阅读的参差体验。

---

① 李遇春.悖论中的《扎根》和《扎根》中的悖论[J].小说评论,2005(4):45—49.

书写新科技、新发明在当前生活的应用并描述其产生影响的"技术型科幻",是新中国成立之初的主要科幻类型。在2019年的儿童科幻小说创作中,仍然在延续着对科技发明式科幻的书写传统,刘金龙的《我的魔法笔》《会发热的发卡》均为这一类型的科幻。此外,小高鬼、徐彦利等水平较为稳定的儿童科幻作家,也均有新作推出。小高鬼的《完美缺陷》为儿童构织了变身"超人"的梦想,通过服用药物获取超能力,进而实践超能力,不过,这类"超人型科幻"大多不再止于"十七年时期"对科学的膜拜,而是在变身超人后转而反思其负面作用。

四、儿童科幻小说创作的症结、反思及走向

综合来看2019年儿童科幻小说的创作,人工智能、太空、外星人题材仍是儿童科幻文学选题重镇,这对主流儿童文学一直过于强势的"儿童社会"和"人与人"的关注未尝不是一种开拓。对"儿童与机器人""儿童与外星人"等关系的构拟,有助于培养儿童博大的生存哲学意识。科普型科幻的泛起、个性化写作的尝试也让我们看到儿童科幻小说更多可能的空间。不过,伴随着作家数量、作品类型、题材、风格的拓展,也出现一些需要警醒的态势及反思的症结。

首先是商业化、产业化创作模式凸显。由于科幻近几年趋热,不少主流儿童文学作家、畅销书作家、媒体从业者等纷纷加入儿童科幻文学创作中。类型化创作无疑是最易模仿的一种路径,诚如杨鹏所言,类型化的文学作品,由于数量庞大,结构简单,重创意而不重文学性,是一种格式化的写作,更容易衍生模仿①。如此,出现大量披着科幻外衣却缺乏创意、雷同化的构思也不足为奇,这种趋同化写作使得科幻故事呈现平面化、碎片化、快餐化的特征,科幻不过是开启狂欢和游戏的装置。故事

---

① 李学斌. 沉潜的水滴:李学斌儿童文学论集[M]. 北京:接力出版社,2009.

中的儿童形象塑造标签化、脸谱化,尽管其对儿童的主体性(冒险精神、超人之力等)极力彰显,但始终缺乏撼动人心的力量。遗失了童年精神中本质意义的审美品质,人物形象的内涵是概念化、虚空的,缺乏把人带往更高境界的精神力量①。我们需要警惕的是,商业化写作、产业化IP打造在儿童科幻小说创作中的扩大化趋势,这种商业化意识变成作家、出版商、文化经纪人以及广大读者都乐在其中的集体意识,会进一步挤压其他类型的生存空间。

其次是科幻想象创新性不足,科幻的核心构思、科幻原型等方面因袭痕迹明显。在2019年的科幻故事中,很容易找到对《盗梦空间》《隐形人》《机器猫》等欧美、日本习见科幻元素的模仿,也不难见到趋同化的构思。这一方面是类型化创作的影响,另一方面与作者创作价值取向、科学想象力不足有关。在通俗性、消费性儿童科幻文学作品中的因袭现象较为常见,文本营造的气氛浅显而喧嚣,科幻意象可以被随意拼凑,接近现代传媒学中所说的"拟像",最终成为失去所指的能指,漂浮的能指。读者阅读这类作品,无法体验到科学所带来的思维上的乐趣以及崇高的美感,祛除了理性的束缚,看似在一定程度上解放了儿童,但是,这种漂浮又在很大程度上让儿童失去根基。如何在继承的基础上紧抓当前的科技发展开拓创新,创造出新的具有中国儿童特色的科幻构思,需要创作者切入当下儿童生活情境。当作者步入科幻特定的时间和空间时,如何切入儿童生活的"当前时间",从而引导读者认识到他们当前的生活状态的变动、重构与复数化? 科幻作家应当如何书写社会转型期时儿童精神生活内容的变化,也许是接下来的挑战。

(原载于《科普创作》2020年第4期)

---

① 吴其南.成长的身体维度——当代少儿文学的身体叙事[M].上海:复旦大学出版社,2017.

当代少儿科幻文学发展概况

马传思

前　言

近些年,少儿科幻文学的发展出现两个比较明显的现象:一方面,越来越多的儿童文学作家加入少儿科幻文学创作队伍;另一方面,也有许多之前主要从事成人科幻文学创作的科幻作家试笔少儿科幻文学,尝试开拓新的个人写作路线。由此引发少儿科幻文学呈现出更加多元化的发展态势。

在这样一种新的形势下,我们该如何从总体上去把握少儿科幻文学的特征,进而引领其向更高水平发展?

具体来说,我们在探讨少儿科幻文学的发展时,究竟是从儿童文学的视角,还是从科幻文学的视角去看待?是从创作主题还是作品属性上去分析,才更能抓住其核心脉络?不同作品的风格特征如何去把握?对于这些问题的思考将影响我们对当代少儿科幻文学发展的理解。

几年前,在中国少儿科幻文学刚刚呈现出蓬勃发展的态势之时,我曾和董仁威老师对这些问题做过一番探讨,并写过一些文章相互呼应。今日看来,当初的一些观点仍然没有过时,但需要根据这些年少儿科幻文学的发展,进一步丰富其内涵。

本文竭力探讨一二,以期抛砖引玉。

一、衡量少儿科幻文学的三大维度

从文本的角度来说,衡量一部少儿科幻文学作品的维度何在?在我看来,最基本的三个方面仍然是:文学性维度、科学性维度和想象力维度。

首先,少儿科幻文学作品的读者定位是 15 岁以下的少年和儿童。这个群体处于与成人世界关系紧密,又具有独立自存性的特定人生阶段。他们有其看待人生与世界的特定视角(万物有灵论与祛魅意识的张力,自我中心与社会意识的张力),有其特定的心理特征(不稳定性、可塑性和成长性),也有其特定的精神和情感需求(游戏性、探索性与自我实现的愿望,对依赖、归属与认同的追求)。所以少儿科幻文学作品与其他类别科幻文学作品的区别之一,就在于作家笔下演绎的故事需要坚持少儿的视角,契合少儿读者的阅读趣味和心理特征,关照少年儿童的心灵成长,进而能引起其心灵的共鸣。

由此,我们在谈论少儿科幻作品的文学性维度这一话题时,可知它其实有着丰富的内涵:少儿科幻不管是作为"属于儿童文学的科幻",还是"属于科幻的儿童文学"(姚海军语),它都需要从儿童文学这一门类中汲取大量的营养,诸如更加多样化的叙事风格和更加个性化的语言风格,美和善的价值赋予,熏陶与引领的功能赋予,等等。

所以,就这个角度而言,少儿科幻文学与儿童文学在本质上是一脉相承的。这是我们看待少儿科幻文学时不可忽视的第一大维度。但少儿科幻文学区别于其他门类,进而建构起自身独立价值体系的关键何在?这就不得不提到它的科学性维度。

少儿科幻文学作为幻想儿童文学中的一大门类,它的幻想建立在"客观真实"和"假想真实"之上,这两种真实感就是由它的科学性维度所赋予的。简单地说,少儿科幻作品往往是从某种科学知识、科学理论、科学规律或者科学假设的"真实性基础"出发去建构故事,至少故事的发展不能够违背科学常理。这也就导致少儿科幻文学在创作上其实具有极大的自由度——它并不如很多成人科幻作品一般,非要有过硬的科学内核。但不管如何,少儿科幻文学之"科学性维度"的存在,赋予这一文学门类以独特的价值:传播科学知识,培养科学思维与科学精神。

此外,少儿科幻文学对于科学知识的传播和科学精神的培养,是通过以幻想故事为载体进行的。由此,"想象力"是我们分析少儿科幻文学这一文学门类时需秉持的第三大维度。

想象力是人类精神自由发展的一个重要工具,它意味着思维边界的拓宽,它是创造性行动的精神来源。少儿科幻文学因其对想象力的张扬,而拥有无可比拟的独特价值。

科幻文学包括少儿科幻文学中的想象力,往往以"科幻创意"的方式呈现,并进而上升为"科幻思维"。所谓科幻思维,简单地说就是科学与想象力结合而形成的一种思维方式。科学强调理性、严谨,强调对事物千差万别的表象之下规律性的内在真实的探寻;而想象力的特点是跨界与跳脱。两者结合起来,从一种科学所强调的内在真实和想象力所赋予的无限宽广的时空维度去思考问题,大概就可以称为科幻思维。

当然,长期以来,我们对少儿科幻文学中的科幻创意和科幻思维并没有过高的要求。但这并不能否认另一个事实:优秀的少儿科幻文学作品因其对想象力的张扬,同样可以生发新颖的科幻创意,催生科幻思维。

二、当今少儿科幻文学作品的三大主要类型

优秀的少儿科幻文学作品中,文学性维度、科学性维度和想象力维度一定是和谐共存的,但是由于不同的作家对少儿科幻文学不同属性的坚持和探索,导致当今少儿科幻文学总体上呈现出三种主要类型特征:科学型少儿科幻作品、人文型少儿科幻作品和科普型少儿科幻作品。

1. 科学型少儿科幻作品

这类少儿科幻作品侧重在科学性和想象力的基础上,生发出足够好

的科幻内核,进而去讲一个精彩的故事。这类作品往往带有核心科幻的特征,但不同的作家写作风格各异,有的笔法通俗,有的风格严谨,有的谐趣幽默,有的简练明快,不一而足。

在这类少儿科幻作品中,王晋康的一系列作品值得关注。身为中国当代科幻作家的代表人物之一,王晋康将其核心科幻的理念灌注于少儿科幻文学创作中,作品笔法严谨顺畅,科幻内核丰满厚重。比如其作品《寻找中国龙》,讲述了这样一个故事:中学生龙崽和他的伙伴在家乡潜龙山发现了两条真正的中国龙;他们勇敢探索,发现了两条龙的生身之秘。作品根据基因合成技术构建了一个足够硬的科幻内核。即使从成人科幻作品的角度来说,这个科幻创意也足够硬核,同时它又是一个适合少年儿童读者阅读的科幻故事。

此外,著名科幻理论家吴岩在少儿科幻文学创作方面的成就同样值得重视。其少儿科幻作品具备严谨的科幻构思,同时注意营造故事性和可读性。比如其主要作品之一的《生死第六天》(安徽少年儿童出版社),通过少年张潮思的寻父之旅,讲述了人类在宏观世界和微观世界两个相互转换的世界之间逃亡的故事。作者运用了关于婴儿宇宙、多维时空的科学理论,又提出"霍金转移"等科幻创意,并将之完美融合于故事之中。

老一辈科幻作家中,董仁威的少儿科幻作品虽然数量不多,但科学理论扎实,情节冲突性强。其作品《分子手术刀》通过一系列充满情节冲突的科幻故事,成功地铺陈了关于生命科学的系列科幻创意。虽然故事情节和科幻设定在今天看来充满时代感,放在40多年前的时代背景下看待,却充满创造性。毕竟,我们无法脱离时代背景去衡量一部作品的价值和水准。

杨鹏是一位创作风格成熟、成就突出的作家。其作品想象力丰富,同时在故事节奏、语言风格等方面把控娴熟,深度契合少年儿童的阅读兴趣。主要作品《校园三剑客》等系列图书畅销数百万册,产生了广泛的社会影响。同时,其作品的创作风格,比如人物形象塑造、科幻创意运用等,也影响和带动了一批新锐少儿科幻文学作家。

超侠同样是一位值得关注的少儿科幻文学作家,其作品充满恣肆汪洋的想象力和幽默谐趣的风格特征,镜头感和画面感非常强。其主要作品《超侠小特工》系列成功塑造出奇奇怪等具有鲜明时代感的中国少年英雄形象。

另外,更新代科幻作家代表之一江波的"无边量子号"系列,是他向少儿科幻文学领域拓展的一次尝试,同样值得关注。

2. 人文型少儿科幻作品

与上述作家对故事中的科幻创意的追求有所不同,还有一类少儿科幻作家,侧重在充满传奇色彩的少儿科幻故事中呈现儿童的心灵成长,引起读者对人与人性的思考,以及重视作品的审美价值。

值得一提的是,这类作品与儿童文学的距离相对较近,于是有部分作品可能在科幻创意上没有太多探索,甚至只是套用了一些旧的科幻创意,但讲出来一个纯正的儿童文学故事。当然,其中一些佼佼者,其创作往往力图实现科幻性与文学性的圆融对接。

本人致力于这种类型少儿科幻文学作品的创作,但成果仍然不够丰硕。当然评论界还是给予了足够的褒奖,认为这些少儿科幻作品充满独特的诗意风格,强调作品思想内涵的丰富性与多元性,但这些褒奖很大程度上应该视为鼓励和期许。主要作品《冰冻星球》《奇迹之夏》,比较成功地讲述了两个不同世界观背景下的科幻故事。故事背景虽然不同,但用意都在于从一个宽广的时空维度去呈现儿童的心灵成长。新作《图根星球的四个故事》和《蜉蚁之城》竭力在叙事风格、思想主题和科幻创意上做出新的探索。

赵华是该领域中一位比较成熟的作家,作品语言凝练沉稳,注重思想内涵。主要作品有《疯狂外星人》系列。虽然外星人题材屡见不鲜,但作者用逻辑自洽性很高的科幻创意赋予这个题材以新鲜度;更重要的是,作者意图以外星人作为参照系来思考人类和人性。

作为一位在儿童文学领域拥有比较高知名度的作家,彭绪洛近年出版了部分少儿科幻作品,比较有代表性的是《重返地球》,这部作品通过一个宇航员回到人类消失之后的地球的故事,带给小读者对未来的展望和思考。

获得第十届全球华语科幻星云奖最佳少儿中长篇金奖小说的《心灵探测师》(徐彦利著)则竭力以科幻的方式,从少年的视角探讨人性。

在老一辈科幻作家中,张静的作品充满丰富的想象力,注重亲情主题的描写。主要作品《K星寻父探险记》(山东教育出版社)是一部优秀的少儿科幻小说。

此外,王林柏的《拯救天才》有一个"适合儿童"的科幻创意,但作品真正的亮点是其对儿童文学创作风格的运用,特别是对语言和情节的运用达到驾轻就熟的程度。在中国少年儿童出版社《儿童文学》等纯文学期刊领域,不时会有与之类似的优秀作者和作品出现,比如获得第十届全球华语科幻星云奖最佳少儿短篇小说金奖的《百万个明天》(秦萤亮著)。

3. 科普型少儿科幻作品

在这类作品中,不同的作家往往有不同的创作风格和文学追求。比如,有的作家致力于书写纯正的科幻故事,有的作家在科幻童话交融的泛幻想领域自由游弋,但这类作品都有一个共同点——作者力图在幻想故事中彰显"普及科学知识,提升科学素养"的功能价值。

少儿科幻文学作家陆杨这些年主要侧重于这类科普型少儿科幻文学的创作。作品充满奇思妙想,并能坚持其科普属性,主要作品《小鱼大梦想》没有刻意强调科学幻想和童话幻想的区别,由此导致作品充满丰富的想象力。

另外一位科普型少儿科幻作家姜永育,以严谨系统的天文、地理学知识,去编织充满探险色彩的科幻故事。主要作品《探秘绝密谷》等体现出上述鲜明的特点。

特别值得一提的是,中科院国家空间科学研究院研究员吴季的新作

《月球旅店》，很有霍金的《乔治的宇宙》的风格特征，即在严谨扎实的科学知识的基础上，构建一个吸引人的幻想故事。在科学知识与幻想故事的深度融合方面达到一定的高度，某种程度上可以视为近些年科普型少儿科幻作品的典范之作。

三、不可忽视的科学童话

科学童话属于广义的科学文艺作品，与少儿科幻文学关系密切。它以童话故事为载体，以相关科学知识为幻想元素，是适合低龄儿童读者的特有文学类型，以这个阶段儿童读者喜闻乐见的方式传播科学知识，避免了阅读上的知识障碍和过于复杂的故事造成的文本障碍。

科学童话创作方面，当前比较活跃的几位作家有：霞子（《酷蚁安特尔》）、李毓佩（"数学童话"系列）、李丹莉（"木子科学童话"系列）等。

特别值得注意的是，儿童文学名家杨红樱近些年也在创作系列科学童话故事，并以其巨大的市场影响力，引起不小的反响。

结　语

中国当代少儿科幻文学正呈现出蓬勃发展的态势，势必成为继成人科幻文学之后文化产业领域的又一个引爆点。期待着在社会各界的关注和共同推动下，这一天能够早日到来。

优秀少儿
科幻作品赏析

赵华：不一样的艺术探索，不一样的"外星人"

王泉根　严晓驰

　　赵华是当今儿童文苑少有的将写作聚焦于"儿童科幻"的作家，他的作品有两个着力点：一是以儿童为中心，二是倾情于科幻小说。《大漠寻星人》《小猪的宠物》《苏珊的小熊》等作品为他带来了不少声誉与奖项，包括"全国优秀儿童文学奖"。以科幻小说而获此殊荣的国内作家仅有郑文光、张之路、刘慈欣等数人，由此足见赵华作品的质量。

　　赵华是一个不断追寻、超越自我的作家，他创作的外星人系列科幻小说，是对科幻艺术空间新的拓展与探索，更为儿童科幻小说贡献了新的艺术形象。

一、人性化的"疯狂"

　　外星人长什么样？热播的科幻电影《疯狂的外星人》中出场的外星人是一只如同猴子那样的灵长类动物。2018 年由浙江文艺出版社推出的赵华科幻小说系列作品，也名为《疯狂外星人》。但在赵华笔下，我们看到了让人匪夷所思的"外星人"群像：

　　有的外星人是一个在地摊上售卖荧光棒的中年大叔，有的外星人是一个在山顶独居多年的老头，有的是一小粒微小光点，有的是一块立方体的云朵，更神奇的外星人竟是一堆不规则形状的胶团。赵华告诉人们：你在生活中遇到的任何人物,皆有可能是天外来客。

虽然赵华笔下的外星人形象变幻莫测,作品体例多样,情节曲折吸睛,但贯串其中的则是科学幻想的思维,是奇谲怪异而又不失温暖善意的灵光四射,是未来向着瑰丽的想象和人的无限可能性的敞开。

外星人当然是地球以外的星球生物,他们对于科幻迷而言是既熟悉又陌生的形象。谓其熟悉,是因为在科幻电影、小说中总是不期而遇;谓其陌生,毕竟他们都是来自外星球,随时可以"出事"。有意味的是,在赵华笔下的外星人,却是出奇的"平淡无奇",他们的性格与行为既普通而又别致。普通的是,他们大多十分平凡,甚至还很草根化、世俗化;别致的是,他们拥有充沛丰富的情感与人性,不仅不"疯"不"狂",反而是安静平和的,甚至是孤僻而又无奈的,如同地球上的普通人那样。既然如此平常,那为何作者要给他们冠名为"疯狂外星人"呢?

这就是赵华科幻小说的"玄机"之所在。当你沉浸其中,你就会因外星人的"异常"行为而大跌眼镜:一个一事无成的中年男子,为了帮助一个在二十多年前见过数面的小女孩圆梦,竟然耗费了大量的时间与精力,战胜了无数的不可能,而这个梦只不过是让小女孩能够跟自己的母亲说一声"再见"。这样的外星人,难道不疯狂吗? 还有这样一个小男孩,为了能够让一个素昧平生的盲女孩保住自己的宠物猪,居然放弃了获得财富转变人生的机会,独自历经了八十年的漫漫时光之旅,最终实现了盲女孩的梦想。这样的行为难道不觉得疯狂吗?

这些疯狂外星人匪夷所思的"疯狂"行径,完全是出于一种对地球人的不带任何功利目的的"爱"。这种"爱"透过无数个外星人传递出来,但这不是地球上人与人之间的爱,而是超越星辰日月的无我大爱,是所有生物对于宇宙的终极情怀,显然这是博爱。在这里,我们看到了赵华的一种哲学思想:试图建立一种人和万物包括穿越日月星辰的外太空外星生命在内的"命运共同体",有了这种共同体的存在,地球人不用担心毁灭的一天,也不用去外太空流浪。

与外星人的形象形成鲜明对照的是部分地球人的形象,在赵华的许多篇什中,地球人显得贪婪自私而又冷酷无情。《返老还童石》中写道:"人类全都靠不住,他们都是些巧取豪夺的家伙,只会给你一大堆臭烘烘的不新鲜的罐头和肉干。"《蓝色卵石》中说:"这个世界上有很多人喜欢穿真皮服饰或拎各种各样的皮包,他们丝毫不关心动物们的死活。"《长城砖》中写道:"我们很少见到人类,但老熊们经常告诉我们要离他们远一些,因为他们心机深重,难以捉摸。"在动物们的眼中,"不满足是人类的通病"。

相较而言,外星人却总在故事中充当着拯救者的角色。他们无私地帮助地球上的生物,令这颗美丽的星球重新焕发出生机。在《终极标本》中,捕猎者雷伊为了利益可以滥杀无辜,不光要把许多珍稀动物做成标本,还要对知晓真相后劝阻他的同胞赶尽杀绝。来自外星球的生物们却在默默守护着地球上的生物,"它们在保留区内收集濒死的珍稀动物,当保留区内的某种动物只剩下最后一只并且马上就要死去时,它们便会准时出现,将它带回并保存起来"。

可以说,在情感细腻、性格和善的外星人面前,许多地球人的形象是非常"不堪"的。这种"不堪"折射出了作者的深刻用心与讽刺意味。那些为了一己私利残忍杀害动物的捕猎者,那些为了所谓的高尚荣誉将动物用于实验的研究员,还有那些为了利益不管不顾甚至不惜杀害同胞的矿场老板,无一不是当今社会病态生存的反映。给人警示的是,最后在故事中解决问题收拾残局的,反倒是一群来自外星球的生物。这难道不值得人们深思吗?所谓的"外星人",实际上象征着那些辛辛苦苦保卫地球生态文明而不被理解反被孤立和排挤的"异类"。作者之所以要赋予这些"外星人"强劲的力量和超凡的生命,就是为了能给现实生活中被那些被排挤一隅无法获得话语权的地球生态卫士们一些安慰,显然这是令人肃然起敬的。

二、边缘化的群像

赵华在《疯狂外星人》系列科幻小说中还表现出了另一种深层的观念,即平等的众生观。这种众生观具体体现在对艺术人物群像的把控上。"孤独"与"自我"的追寻是理解这种艺术群像的关键词。

赵华作品中出现的人物很多都是"边缘人"形象:智商不正常的大个子黑人山姆,幼年丧母的小女孩苏茜,青年丧夫的寻星人老七,双目视力微弱的小姑娘贝蒂,几乎所有人物形象都生活与挣扎在社会的最底层。通过对这些小人物的命运的描写,我们看到了一个特殊的社会角落与展开的生存困境。

除此之外,出现在作品中的动物形象也大多是"边缘化"的:它们或受伤,或被囚禁,或失去至亲。赵华对于动物的怜悯之心与他的人生态度有关,赵华说他童年时代从母亲那里得到的最大馈赠便是"爱心"——"对弱小生灵的怜爱,对穷苦弱者的同情,以及对自然万物的珍惜。"他还在作品中引用过康德的话:"我们可以从一个人对待动物的方式来断定他的心地好不好。"

赵华作品中的这些"边缘化"人物无一例外都是"孤独"的。正因为孤独,他们才需要冲破孤独的环境,才迫切需要寻找和发现自我。作品中的所有外星人,本质上都是"边缘化"人物的折射,反映出他们孤独的内心。在《买二赠一》中,"天知道我克服了多少惊人的困难,又忍受了多么巨大的煎熬。孤独和病痛日复一日地折磨着我"。在《稻草人》中,作者如此写道:"我像是摸索在海底的鱼儿,又像是一只孤苦无依的迷途兽崽。"在《云使》中,作者慨叹:"我的确是孤独的。孤独的我最终同孤独的克洛斯无话不谈。"这些主人公们通常还会经历一段较长的时间跨度,如外星人"我"与小女孩苏茜的重逢,是"二十多年后的那个金色的黄昏"。寻宝人"我"将老七夫妇送上飞船时,"三十年已经悄然逝去了"。捕猎小伙"我"与马蒙的重逢则在"大约十年后"。这更加表现出了主人公们的"孤独"。

应当说赵华擅长用细腻逼真的环境描写来铺陈"孤独"的氛围,这在《大漠寻星人》中尤为明显,这篇作品也为他带来了第十届全国优秀儿童文学奖的殊荣。《大漠寻星人》里描写的塔克拉玛干沙漠,其色彩与气候变幻莫测。书里写道:"整个天空呈现出一种瘆人的浅红色,就好像是血和牛奶掺在了一起。""连绵不绝的沙丘就像是凝固了的浪涛。""我的耳旁仿佛响起了古诗词中的胡笳,凄婉、悠长的调子随着沙丘起伏,随着风沙飘荡,一直到天地之交处。"作者用诸如"浪涛""胡笳"等喻体,借助通感的修辞手法,描摹了一幅色彩斑斓而又波澜壮阔的沙漠图景,更加显现出了人类的渺小与孤独。

由于作家所持有众生平等的观念,因而在其作品中无时不在讨论人与宇宙的关系,将人类生态环境乃至整个地球作为一种拟人化的形象在书写,立体地感性地表现出了对于人类对于环境的感情。出生于西北大漠的赵华曾在童年时期两次目击过"不明飞行物",这种奇妙经历令他"愈加相信世界上存在各种不为人知的奇迹,世界的广阔远远超出我们的想象"。正是这种对自然的敬畏,使他的作品产生了特殊的意义。

虽然身处在孤独的环境中,但是作者没有让他们放弃希望。"星光""宇宙""天空""云""自由""爱""希望"是赵华外星人系列小说中的关键词。《大漠寻星人》中,老七第一次到安迪尔村时,"生命中我第一次感觉到了渺小,感觉到了宁静,感觉到了庄严、神圣、博大、悠远,还有无边无际的自由"。千万个星子的光芒吸引着女主人公向它们奔去,也带给了我们无数的感动。《长城砖》中写道:"只要有爱,希望和自由就会像天上的星星一样永远闪耀。"《萨伊尔禁区》中写道:"万物生而自由,谁也没有权力为别人制定苛刻的律条。"

三、互文性与多样化的写作

《疯狂外星人》系列科幻小说充满着神秘的外太空与异国风景,有多篇作品的环境设置在国外。作为一个中国作家,要创作以国外为背景的科幻故事是有难度的,但赵华做到了,不仅成功创作出了富有异域风情的故事,并且对于国内的读者而言也并不隔膜。这体现出了作者的外国文学素养与互文性写作的艺术探索。赵华对许多外国经典作品可谓如数家珍,展现了作者丰富的涉猎,诸如对康德的名句,对赫尔曼·黑塞的诗歌《白云》,对《匹诺曹》童话等的娓娓道来。尤其是他对国外经典科幻作品的借鉴与致敬,比如在《萨伊尔禁区》中对《侏罗纪公园》的致敬,《卡加布列岛》中对《猩球崛起》的致敬,《买二赠一》以及"机器人三定律"诸篇则是对阿西莫夫的致敬。

赵华是一个具备多样化写作风格与技巧的作家,他的作品总是采用第一人称限制视角和第三人称全知视角夹杂的叙事模式。在第一人称的叙述中,他能够自如变换多重身份:中年男子、小女孩、小伙子、年轻姑娘,甚至是各种各样的动物,乃至外星生物。难得的是都能在个性化的语言描写与符合人物身份性格发展的逻辑叙事中表现得淋漓尽致、恰到好处。

赵华的艺术之道是不断地求索求变,我们在《疯狂外星人》系列科幻小说中看到多样的风格与风味:时而温情,时而伤感,时而幽默,时而严肃,时而如顽童般嘻哈,时而又如哲学老人般沉思。面对赵华笔下的这些"疯狂外星人",脑海中不由划过一个奇想:或许赵华也是一位在茫茫人海中的"外星人",他在以他独特的方式向我们传递着来自另一个空间和维度的思维电波,这道电波大写着爱与平等、广阔与自由。究竟是什么动力驱使着赵华在无数个日夜写下这些科幻故事的呢?其实他在书中已经做了回答:"那是安静和善良的力量。"

是的,身处喧嚣浮躁、物欲利诱的环境,作家需要葆有"安静"的定力;面对少年儿童的精神成长,儿童文学包括科幻小说最不能缺失的就是向上向美的"善良"之道,这是儿童文学不变的初心。

少儿科幻文学历史叙事的流变与突破

——兼谈《三星堆迷雾》的创新价值

马传思

1

近些年,越来越多的科幻作家从历史的思想宝库中汲取灵感来源,创作了许多值得关注的历史题材少儿科幻作品。但我们对少儿科幻文学的历史叙事的审视,离不开科幻文学发展的整体语境。

戴维·希德在谈及科幻文学时,曾这样说:"科幻是关于变革的文学,而变革意味着对当下的认知要涉及对过去的看法,以及对未来的期待,正是这种期待塑造了当下。""变革"的属性决定了在科幻作品中,时间呈现出向多个维度开放的特性,既可以指向未来,也能够回溯历史,过去和未来都可以成为科幻创作的主题。

纵观中外科幻发展历史,大多数科幻作品都聚焦于未来,但历史题材科幻创作也流脉悠长。在西方,以埃利·贝尔泰的《史前世界》为代表的史前小说叙事模式的建立,经过半个多世纪的发展,演变为《失落的世界》为代表的"失落世界叙事",满足了大众探秘史前蛮荒世界的猎奇心理,并在冒险冲动的释放中获得阅读的愉悦感。而《高堡奇人》等作品则执着于"或然历史"书写,另辟蹊径地对已知历史做虚拟式推想,打破历史的线性结构,既能娱乐大众,又能引发对历史真实性的质疑,进而思考历史发展的多种可能性。此外,蒸汽朋克、丝绸朋克等作为历史叙事的特殊形式,也一再引起关注。

科幻文学的历史叙事在中国同样不绝如缕。据科幻作家宝树的考证,开历史科幻之先河的,是张祖荣出版于1988年的《东游记》;刘兴诗于1991年发表的《雾中山传奇》,"首创了异域探险式的历史时间旅行故事"。这个篇幅不长的故事所建构的历史揭秘叙事模式影响深远。此后数十年间,更多科幻作家在浩瀚历史中寻找创作灵感,涌现出不少有分量的作品,并形成不同的叙事风格,如黄易的《寻秦记》、钱莉芳的《天意》、姜云生的《常平血》,以及梁清散的《新新日报馆》等。

科幻文学以其独特的方式赋予历史以未来性,激活我们对历史的想象力,历史叙事得以成立和发展,并延伸到少儿科幻文学创作领域,许多少儿科幻作品在对历史的揭秘、诠释和重构方面进行了积极的探索和挖掘。笔名小高鬼的少儿科幻作家张军推出的《中华少年行》大抵属于历史揭秘叙事。作者撷取了中国历史长河中五位少年英才如神童项橐、战神霍去病等,通过少年探秘师乘坐时间机器,回溯时间之河,还原这五位典型人物的成长历程,以期"给当代少年寻找真正的中国精神"。宝树的《猛犸女王》属于与历史揭秘叙事关系紧密的史前叙事,或者称为史前科幻。作者在广泛的古生物学、古地理学和人类学等知识考证的基础上,讲述了距今一万多年的末次冰盛期,发生在华北平原的少年阿骨和猛犸女王的故事,细节处丰满动人,宏大处波澜壮阔。此外,苏学军的《洪荒战纪》则是对远古神话时代的一次恣肆汪洋的想象式书写。从叙事类型来看,介于或然历史叙事与神话叙事之间。年轻作家胡晓霞的《机器人哪吒》《机器人刑天》也带有神话叙事的鲜明色彩,但侧重于从传统神话中择取典型人物,进行科幻式再诠释,也即将远古神话人物置于科幻时空中,对人物进行形象升格与赋形,对于原型人物身上的精神品质加以挖掘、传承和凸显。

2

科普科幻双栖作家董仁威老师最新推出的《三星堆迷雾》,则为当前的历史题材少儿科幻领域增添了一部重磅作品。故事前半部分的情节主要是:少年天才威威为探寻三星堆的种种谜团,和家人一起乘坐根据超弦理论研制的时空穿梭机,前往4000多年前的古蜀国,开展一次文化寻根之旅。随着故事的发展,主人公成功实现了自己的目标——解开了三星堆的谜团,完成了学业任务。

情节发展至此,形成一个"产生疑问—超时空探究—破解谜团—返回现代时空"的时间闭环,历史揭秘叙事的典型叙事模式也据此形成。但作者的雄心显然不止于此,于是,随着故事情节进一步发展,主人公威威一家再次搭乘时空穿梭机,这一次,他们抵达了时空最深处——宇宙大爆炸的奇点时刻,见证了数十亿年波澜壮阔的宇宙生命演化史。随着时空维度的不断扩延,读者的关注点也跟随着主人公从揭秘历史的真相,转到揭开生命的奥秘,最终上升到对生命哲学的思考,这次历史探秘之旅也最终升华为生命哲学的思辨之旅。

总体来说,这是一部行文结构很有特色、科幻创意新颖度很高、思想内涵很丰富的作品,放在历史题材少儿科幻小说的话语体系中看待,有诸多值得关注的方面。

首先,作品很好地处理了继承与创新的关系。

在创作方法上,作者在亲身考察并进行专业研究的基础上,结合历史学、民俗学、人类学等相关学科知识,细心求证,大胆想象,从而对围绕着三星堆的种种谜团做出了具有逻辑合理性的解释,很好地处理了想象性与实证性的关系。在叙事策略方面,故事中的人物都是通过时间旅行的方式跃入特定时空,充当近距离观察者,从而让被遮蔽的历史真相得以敞开。这两者均表现出作者对历史揭秘叙事模式的谙熟与继承。此外,作品中不论是对大禹治水的史实描述,还是主人公探秘的情节描写,都洋溢着乐观主义的精神,继承和传扬了少儿科幻文学特有的精神气韵。

另一方面,作品大胆地将中国古代创世神话与分子生物学、天体物理学等科学理论无缝对接,实现了技术、神话和科幻的圆融统一,大大拓展了少儿科幻文学这一特定文类所能承载的文化学和哲学含量,作品的创新价值自然彰显,为少儿科幻文学面向更多维度的发展可能性做出了有益的探索。

此外,作品在人物形象塑造和角色设定方面,也令人耳目一新。传统历史揭秘叙事模式中,充当揭秘者和观察者角色的一般是某个科学工作者,或者是某个"少年天团",作品中则是少年威威、妹妹娅娅和科学家妈妈组成的"家庭团"。这种角色设定体现出注重家庭人伦的中国文化精神,从一个独特的角度与主人公一行所进行的文化寻根之旅相辉映。

其次,作品很好地处理了科普与人文的关系,凸显了少儿科幻作品的价值目标。

作为一种针对特定读者群体而创作的科幻文艺类型,少儿科幻拥有独立的价值体系,其终极价值指向少年儿童的心智成长,而科学素养的提升和人文素养的熏陶是最重要的两个价值圈层。作品通过线索清晰的故事,将各学科知识自然融入,让少年儿童读者自然接触相关知识。另一方面,对历史的认知,包括对历史记忆的传承,历史观的塑造,和对历史可能性的思辨性审视,也是少年儿童人文素养提升的当然之义。此外,作品虽然没有涉及对成长的孤独、阵痛和情感启蒙的描写,却在无限宽广的时空中探究生命起源,引导少年儿童读者从哲学层面思考对生命意志的体认和生命意义的追寻。

董仁威老师年届八十,仍然保持旺盛的创作精力,和求新求变的探索精神,令人感佩。而《三星堆迷雾》在少儿科幻文学的历史叙事方面做出的诸多有价值的探索和突破,相信会引领更多少儿科幻作家在这一领域进行尝试和挖掘,也会推动更多类似的少儿科幻佳作的涌现。

"冷"科学与"暖"诗意的奇迹相遇

——评马传思少儿科幻作品《奇迹之夏》

崔昕平

　　马传思的少儿科幻作品《奇迹之夏》充分展示了作家在文学性、思想性、艺术性方面不断提升的潜力与实绩。《奇迹之夏》中,丰富细腻的情感线与科学幻想依托的"时间线"交织并进,温暖多姿的情感色调与严谨丰富的科学之思和谐圆融,形成了马传思日渐鲜明的作品辨识度。

　　写过诗的人,对文字美的饱满度,有一种执着的情愫。马传思的少儿科幻创作,并不因为"科学幻想"的题材与"少儿科幻"的定位而简化文学性的追求。他的作品读起来,是有"诗意"、有"境"的。《奇迹之夏》中,马传思笔下的"雾灵山",焕发着自然的秀逸气息。隐藏于雾灵山千沟万壑中的亿万年宇宙时光,伴随着作家假想的"炫丽而神秘"的"时间线",如同"悠缓的歌吟",奇迹般重现。作品有一个极佳的构思,在前后的呼应与铺垫上下足了功夫。作家似乎非常吝啬于揭出他精心设计的谜底,并不急于将这个充满幻想的故事和盘托出,而是让它一点点在凡常生活中聚集,一点点显出异样的光。情节每一分每一秒都在滋生巨大的变化,越到后面,越产生令人窒息的紧张感。分散的、次第出现的离奇现象,最终有序地串联成一个紧凑而合理的故事。

　　作品文如其名,始终贯串着"奇迹"感。如同大多数科幻作品中都会有一位全知全能的科学家那样,《奇迹之夏》中,也做了这样的角色设定。但值得注意的是,马传思对这个角色的设定,自有一重深意。《奇迹之夏》

中拥有科学家身份的,是一位叫"余敏"的生物学博士。然而,余敏并没有贯串始终,而是匆匆现身,中途退场。真正完成使命的"启智者",是一位退休独居的生物教师"赫拉婆婆"。一位看似普普通通的退休老教师,作家却赋予她古希腊神话中宙斯之妻赫拉女神的名字,预示了她将是那个参与"奇迹"的关键人物。

一场看似没有破坏性的地震之后,赫拉婆婆预言:"地震改变了很多事情。"这句话成为隐在的推动力,推动故事向离奇进发:地震后,时间裂痕悄然出现,神秘气息逐渐聚拢。奇异的光芒闪耀雾灵山,不同的时间线相互交集,"奇迹"接二连三:12岁的少年"阿星"在巨石堆捡到一只小虎崽,引来了一只生活在史前一百多万年的冰川时期动物——剑齿虎。接着,驭虎的史前人类也出现了,女孩"望月"的面部刻画,让人瞬间联想到北京猿人。一场罕见的大雨来临,现代人的街道上竟然冲出了生活在4亿年前的远古鱼类——盾皮鱼。大开大合的想象世界里,不同时代的史前生物在作品中次第现身。可贵的是,作家在追求奇迹感的同时,让一切发生得有根有据。大量古生物学的知识,在这个真实存在的地理坐标下变得鲜活。燕郊的雾灵山,是确有其山的,在远古时代也确实曾为古燕辽海,在中生代和新生代的地壳运动中逐渐上升成山。因而,盾皮鱼等古生物在该地区出现,是合逻辑的。阿星见到的金雕、猕猴,也确是雾灵山的国家级保护动物。博士余敏在望月的山洞中找到了新石器时代原始人生活的遗迹,也与北京猿人的背景知识相吻合。

常常在想,少儿科幻的意义,也许并不在于科学性的假想走了多么远,而在于能否将科学的魅力展示给孩子,将追寻科学的精神灌注在孩子心间。《奇迹之夏》将少儿科幻建立在大量的古生物学知识与地理学知识基础之上,令沉睡在书本中的知识现出生机,也让幻想故事有了现实的根基和科学的意义,既开拓着孩子们的想象视野,又传递了以科学认识世界的思维方式,更借此展现出了知识的魅力。

一个优秀的作家,一定是有着异于常人的敏感,能够将人们内心微小的甚至晦涩的情感思绪敏锐地捕捉呈现出来。马传思有这样的一种能力与愿望,这使得他的作品,散发出与众不同的温度感。马传思的科学幻想故事始终是温暖的。在这个经营幻想的过程中,作家从未离开过科学,更从未离开过真实的生活,尤其从未离开过丰富细腻的情感世界。

故事潜移默化地讲述"尊重",首先是人与人之间的尊重,其次是人与其他物种之间的尊重。赫拉婆婆是一位让人感动的启智者。她宁静、谦和,发自内心地尊敬每一个人,包括她的学生,包括小孩子。需要给少年阿星一些必要的提醒时,她会做得巧妙而随意,避免孩子难堪。作品中,人与其他物种间的尊重,则更具启示意义。当余敏博士见到活生生的原始人与剑齿虎时,产生了近乎狂热的研究热情。赫拉婆婆及时提醒:"对于科学研究来说,他们是难得一遇的活体样本;但不管如何,都不要忘了,他们是活生生的一个人和一只为了寻找遗失的幼崽而跑到这陌生世界来的虎妈妈。"少年阿星则以一个孩子的赤子之心,演绎了物种间的相互尊重。故事中,阿星是唯一能与望月这个原始人类,包括与剑齿虎、大白鹅这样的动物相沟通的。除了阿星与古生物研究专家余敏形成的对比之外,其他成人处理突发事件时的应对方式,对比起来更加鲜明。警察与剑齿虎的敌对,让沟通彻底变得不可能。而每一次陷入与这些古生物的交流僵局时,都是由阿星以一种令人困惑的方式打破。作家借余敏博士之口道出了个中真谛:"我从开始就把他们当研究的对象,而你,是在用心把他们当朋友。"显然,沟通是否拥有共通的载体(比如语言),并不是最重要的,沟通时心底所持的态度,才是最重要的。人与人、人与万物之间最需要的,是真诚,是尊重。

除了描述人与万物的生存关联外,作品中也始终伴随着动人的、亲子间的亲情互动。作家以一种别样的手法描写孩子的成长,不需要离家出走,不是众叛亲离,不呈现激烈的成长裂变,而是在经历事件,尤其是在独立应对和处理事件的过程中突然地成长。就像赫拉婆婆所说:"你遇到的每一个人,都只能陪着你走一段路,剩下还有很长的路程,你需要独自走下去,因为生命终究是你需要独自去面对的事情。"作家鼓励孩子如何去面对这艰难的"独自"成长——要"心里怀着爱意继续走下去,就算是再糟糕的日子,也会有奇迹出现"。在马传思前后几部作品里,包括《你眼中的星光》《冰冻星球》《住在山上的鲸鱼》中,都贯串了这样一种诗意的情怀,对爱的力量的坚信,让人想起了冰心先生"爱的哲学"——"有了爱,就有了一切"。作品以恳切的成长教育,传递给孩子对生命的敬重与对人生的积极乐观的态度。

这科学之外的又一重"奇迹"感,恰如赫拉婆婆告诉阿星的一个秘密:"哪怕是一块石头都会唱歌,它没日没夜地在唱呢,唱着生命里的欢愉……"石头也会唱歌,这实在不像生物老师的话,实在不够"科学"。然而,这不够科学的元素,恰恰构成马传思科幻作品的另外一个鲜明的特色——浪漫的诗意。看着遍布沟底的那些千奇百怪的石头,阿星不由得浮想联翩:"说不定,这些石头是一群被时间遗忘了的怪物,几十亿年来,它们一直在这里睡眠,等着有人过来,然后它们就纷纷唱着歌苏醒过来了!"是啊,其实人类的客观所知是多么的有限,谁能确定究竟什么是百分之百不可能的呢?女孩望月对小虎崽的死并不感到悲伤,对赫拉婆婆的消失更显出兴奋,阿星在梦境中感知了原始人类迥异的生死观。作品中,谜底这样被揭开,关键时刻出现的神秘人(赫拉婆婆失踪多年的爸爸),是众多时空管理员中的一员,不断修复着时间的裂痕。时间线交错的现象,也并不仅仅出现在雾灵山,也曾出现在内罗毕、马达加斯加,引发澳门岛上妈祖庙的所谓"显灵"事件。在赫拉婆婆临终去往的另一个世界里,她变回了那个12岁的女孩,在那里,她的爸爸陪伴在她身边,从未出门远行。对人类而言,未知的领域仍然无比巨大,谁又能确定哪个观点是永远正确的呢?借助科幻作品,作家热忱鼓励孩子们翱翔想象、鼓足探索未来的勇气。幻想的世界找到了科学的阐释,科学的幻想也带来了浪漫的诗意,恰似引领我们谛听石头的歌唱。

掩卷回顾,《奇迹之夏》中所展现的,不过是仅仅几天间的故事。然而,作家在逻辑明晰、层次丰富的想象中,架构了一个关联史前历史与当代文明,关联古生物知识与科学幻想的故事,并共同见证了少年阿星令人欣慰的成长。作品随时焕发的、恰如其分的幽默感,适时地调剂着异常紧张的气氛,让儿童读者小小地释放一下之后,兴致勃勃地追随他的故事。作品饱满的信息含量与具有可信度的科学思索,辅以人类情感生命的诗意境界,真仿佛"漫天都是风的痕迹",于平凡中蕴含无尽的浪漫与美好。其实,幻想与诗意,本就是一对如影随形的心灵伙伴,它们在马传思的笔下相遇。人文情怀与科学幻想自然融合,召唤着物种与文明间的彼此尊重。

叶永烈少儿科幻创作综述

——以《叶永烈少儿科幻精选集》为例

徐彦利

　　叶永烈是当代科幻文坛的先驱和里程碑式人物,也是新中国自己培养起来的第一批本土科幻作家,他从青年写到中年,其科幻作品数量巨大、质量上乘,科幻创意丰富繁杂,人物形象众多,读者遍布社会各阶层,成为新时期以来中国科幻文学的扛鼎人物。多少已成为父母或爷爷奶奶的社会精英、普通从业者曾从他的《小灵通漫游未来》《世界最高峰上的奇迹》《飞向冥王星的人》等篇目中遥想未来之美。一本书、一部小说带他们走进奥妙奇异的科学深处,走进璀璨无边的科学海洋,也架构起人生最初的梦想。1979 年的媒体提到《小灵通漫游未来》时称赞:"展示了 20多种科学技术,内容丰富多彩,故事生动有趣,不仅孩子们争相传阅,成年人也爱看。①"

　　他的科幻创作见证了科幻这一类型文学在新中国的艰难起步,见证了现实主义文学传统下逐渐催生的浪漫主义幻想格调,也见证了自 20 世纪七八十年代科幻的兴衰起落。可以说,叶永烈的科幻创作折射着中国科幻文学步伐的时代性节奏,它的步履或从容或蹒跚,但从未停止过。

　　少儿科幻文学是科幻文学中的重要一翼,它以少年儿童为特定的阅读受众,从题材选择、情节筛滤、人物勾勒,到主题提炼、思维方式确立,

---

① 谢军 . 在困难中奋战——记科普业余作家叶永烈［N］,光明日报,1979—2—12(01).

无不以他们为参照。少儿科幻作品或许缺少成人科幻作品的理性、周全及叙事技巧的花样翻新,而更需要情节链的迅速延伸,在极短的时间内抓住小读者的阅读兴趣,将起承转合与童心意趣完美地交织在一起,起到启发、教育、警醒、娱乐、反思等作用,是学校教育、家庭教育之外有益的补充。纵观叶永烈的少儿科幻创作体现着鲜明的受众针对性及作家的个人特色,在绵延几十年的中国当代科幻发展史上独树一帜,成为不可忽略的存在。

2021年5月,由科学普及出版社编辑出版的《叶永烈少儿科幻精选集》,将叶永烈在少儿科幻创作中最具代表性、质量最佳、最适合少儿阅读的作品辑录为10册,共60多部,120多万字,涵盖了长、中、短篇不同的篇幅,饰以精美的装帧和妙趣横生的插画,在叶永烈先生逝世一周年之际出版发行,带有强烈的纪念意义。可以说这套书的问世不只是一个简单的出版事件,也不只是第一次大规模梳理、归纳叶永烈少儿科幻作品的系统工程,而是一个凝结着几代中国科幻作家和读者记忆的标志性案例,它的问世使我们意识到仔细梳理诸多经典科幻作家的创作十分必要。本文欲以这套书为例,深入探究叶永烈的少儿科幻创作的特色。

一、科技启蒙:软科幻与硬科幻之间

科幻文学不同于其他文学的主要标志在于科学的融入与渗透,少儿科幻文学区别于成人科幻文学的标志之一则在于科学硬度的适度性。众所周知,从小学到中学的学习过程中,少年儿童对世界的理解尚显单纯幼稚,他们没有丰厚的积淀作为认知世界的前提,除了课本上的基础知识和自身朴素的认知外尚显得十分茫然,成人科幻中那些硬度颇强的概念并不适合他们。曲率飞行、红移蓝移、戴森球、相对论等大部分已超越了他们的理解,变得空洞不知所云。因此,软硬适度的科学原理是少儿科幻创作尤其需要注意的。过于深奥晦涩及难以想象会成为他们阅读的障碍,反之,没有什么科学知识的科幻小说对他们而言同样缺乏某种震撼力,与武侠、言情等类型文学的边界模糊,失却自身特色。

叶永烈的少儿科幻小说在文本中插入的科学原理往往保持适度的水平,既不过于硬核,也不会软得漫无边际,而是充分运用中学课堂上的物理、化学、生物等知识便可理解的程度。无论引用科技前沿加以生发的想象和完全虚构的科幻奇物,都十分切中少儿的接受能力。他写能够探测人的思维的"探思仪"和改进后得到的"窃思器"(《无形窃贼》),可以在地下航行的潜地艇(《碧岛谍影》),将陆地上普通的牛、马驯养成海牛、海马,以有效利用海底资源,同时得到各种牛马制品(《海马》),从藤壶对轮船的附着发现它们分泌的奇妙胶水,甚至可以粘接钢板、水泥、铁轨等(《奇妙的胶水》),研制出电子蜜蜂混入蜂箱,报告花开信息,以使蜂蜜的产量大大提高(《奇怪的蜜蜂》),新元素"钟"和"铧"的研制(《乔装打扮》),始终能与周围环境保持相同颜色的隐蔽衣(《欲擒故纵》)等。

这些科幻想象为少儿读者打开思索的大门,奇异的未来豁然来到面前,激起进一步了解的渴望。因此,叶永烈的少儿科幻小说带有强烈的科技启蒙色彩,他努力将故事与科学有机地结合起来,让读者在故事中学到科学,想到科学,用到科学,但又不像课堂学习那般枯燥无味。他会关注最新的科技成果,将各个领域的科技前沿巧妙地融入故事中,促使读者深入思考并提出疑问。代表作《小灵通漫游未来》《小灵通再游未来》《小灵通三游未来》等,展现的未来奇物、高科技产品几乎穷尽了当代科幻文坛的想象,数量之多遍布各行各业,即使到了科幻文学日渐强盛的今日,依然未有出其右者。可以说,他写过的科幻奇物在中国当代科幻作家中首屈一指,而这些科幻奇物往往与现实有着密切的关系,甚至作为未来科学研究的方向也无不可。和那些没有任何现实可能性的创意有着极大不同,它的根深深植于现实的土壤中,感受着生生不息的泥土的气息,源于生活,又高于生活。充分体现着善的追求,以对人类有用、有益为目标,孜孜以求探寻着那些未被发现的科学真理。

《碧岛谍影》中作者紧密结合情节,插入了金刚石的知识,不仅介绍了其独特的物理特性和化学特性,还介绍了它与石墨的关系——这世界最坚硬的东西与软软的石墨的化学成分竟然相同,都是碳,在高温高压下可以用石墨制造出金刚石,金刚石也可以在高温高压下燃烧,且烧后什么也不会留下,而人造金刚石的硬度又超过天然金刚石,可以轻而易举地在其上面留下划痕。《小黑人的梦》中介绍血型发现的历史、血型的分类、输血的原理、动物的血型、动物能否为人类输血等。《伤疤的秘密》中讲述关于钽的物理特性、亲生物性、独特的价值和作用,怎样从蜂蜜中提取出钽,钽和铌的关系等。《杀人伞案件》中介绍蛇毒的种类及功能,蛇毒发作的原理,什么动物不怕蛇毒,为什么不怕,通过怎样的实验可以证明。《蚊子的启示》中告诉读者如何通过养蚊子取其唾液提炼血液抗凝剂。这些知识与小说情节有着高度密切的关系,既不会使读者感到有意说教,且能引起读者浓厚的兴趣,对刚刚接触物理、化学课程的他们而言,谓为新鲜奇特,亦能印象深刻。

叶永烈的科幻作品,其强大的科技启蒙色彩与特定的时代有关。在其创作呈井喷之势的 20 世纪 70 年代中后期至 80 年代中期约十年间,几乎整个中国科幻文坛均显现出这一特色,同时期的郑文光、肖建亨、迟叔昌、于止等作家,作品中的科幻想象也多是与提高生产力、生产效率、丰富人民物质精神生活相关的内容。这一特征并非无源之水或偶然趋同,而是源于当时社会对科幻文学的定位。在公众认为"科幻属于少儿文学""科幻必须承担科普功能"等理念下,科幻文学的科技启蒙色彩被不断强调,肖建亨便曾以一个作家的身份对科幻文学进行释义,将科普视为科幻文学的第一要义。"我国的科学幻想小说,从它诞生的第一天起,就是在'科学普及'这面光辉的旗帜下涌现出来的。简言之,我国的科学幻想小说一开始就姓'科',这是不容怀疑的历史事实。"[1]这就意味着科幻文学中必须

---

① 肖建亨.试论我国科学幻想小说的发展——兼论我国科学幻想小说的一些争论[A],黄伊.论科学幻想小说[C],北京:科学普及出版社,1981,17—18.

含有一定的科普知识,更有甚者"把'科学文艺'定义为:以文艺形式普及科学知识的读物"①。

此时科幻想象的特质远远超过深层科幻原理的探讨,使人别开生面的同时又有意回避了解释的烦琐、理论的晦涩和主题的幽深,对未来科技的畅想成为创作的核心。叶永烈的作品也在强烈的科技启蒙的同时,注意到过硬的科幻不宜阅读,从而对过于硬核的科学知识进行了有意回避。他说:"在科学幻想小说中,一般只是详细讲述了他所依据的已知的科学事实,绘声绘色地描述了诱人的科学幻想,对于推理过程是十分简略的——因为那是科学家的责任,不是科学幻想小说作者的职责。"②反对有些人对科幻小说过于苛刻的硬核科学知识要求。

在这一前提下,叶永烈几乎穷尽了那个时代的科幻创意,它们无论以何种面目出现,基本上都有一个共同特点,就是造福于人类,改善与提高人民生活水平,用科技强劲的力量保证人民过上幸福生活。如人类怎样改变鲑鱼洄游的路线,轻松得到大量鲜美的鲑鱼(《旧友重逢》);如何在海底开办冶炼厂《龙宫探宝》;开发可以给人理发的机器人(《机器理发店》);可以让人在海水中自由呼吸的"人造鳃"(《海马》)。这些科幻创意使孩子们对未来科技心驰神往,在心中暗自画下人生第一幅蓝图。

可以说,叶永烈的少儿科幻作品是历史的见证,每一篇都浸透着时代的思索与烙印。中国当代科幻一路走来并非坦途,它曾努力适应阶段性的政治要求,在汹涌澎湃的现实主义主流话语中奋力生存。因此,新中国科幻文学在发轫期显得小心翼翼,无论科学创意与故事情节都要反复推敲,而叶永烈正是在这种情势下将科幻创作推向它可能达到的顶峰,将中国科幻推向公众阅读的广阔视野,彼时这种贡献的意义或许超越《三体》

---

① [日]武田雅哉,林久之.中国科学幻想文学史[M],李重民译.杭州:浙江大学出版社,2017,91—92.

② 叶永烈.论科学文艺[M].北京:科学普及出版社,1980,107.

之于当下。

在那个电脑尚未普及,媒体亦不甚发达的时代,叶永烈的科幻小说带着一批又一批年轻人走向他们梦幻的国度,树立其投身科学的理想。新时期以来筚路蓝缕,艰苦奋斗的阶段,叶永烈的科幻作品无疑成为孩子们的福音,他告诉他们如何用科技改变世界,改变生活,踏踏实实学习,关注那些与现实生活密切相关的科学,向少年读者们播撒下一颗颗希冀的种子,唤醒他们的憧憬,并鼓励他们去努力实现。

二、少儿视角:童真趣味与精神向度

少儿科幻文学与成人科幻文学最大的不同在于其观察视角与思维方式的少儿化,它剔除了成人世界的理性,剔除了那些久经生活考验的固执逻辑与经验,而显得感性、天真并富于某种诗意的格调。即使有些波折,依然相信善最终能战胜恶,美一定能取代丑,积极好过消极,所有美好愿望最终都能实现。让人感受到风清月明与岁月静好,世界在这里显得单纯透明,充满意趣。因此,少儿科幻文学应充分注意到少儿视角的独特性,将童真与趣味完整地体现出来,以区别于成人科幻文学的复杂多元。

叶永烈的科幻叙事善于设置悬念,整个过程抽丝剥茧,不疾不徐,典型代表如"金明、戈亮探案"系列,将悬疑、侦探很好地结合在一起,使人的阅读注意力始终保持紧绷的状态。突然发现的窃听器,蹊跷的杀人事件,国家机密的泄露等,让人不由地想探本溯源,跟随两位高手深入悬疑之中。其他如《奇妙的胶水》,弟弟的手指被胶水粘在了模型上,怎么也拉不下来,怎么办?《飞檐走壁的奥秘》中研究人员从壁虎身上想到,能不能像它们一样贴在墙上不掉下来?《丢了鼻子以后》中孙华教授被炸掉的鼻子又端端正正回到了脸上,他的新鼻子是从哪儿来的?这些情节的设置别开生面,充满童趣,让人手不释卷目不转睛,小说中像有一条强劲有力的绳子飞出纸外拉着读者不断深入。

　　他的短篇短小精悍,言简意赅,矛盾集中,迅速开宗明义,烘托主题,没有大段的描写和铺垫,起承转合紧密连贯,科学道理亦浅显易懂,即使课间休息也能迅速读完一篇,且读有所获,真正做到了面向少儿,体会少儿,融入少儿。而人物通常也带有某种可爱的气质,他们单纯善良,热情地面对生活,喜欢学习,偶尔有一些小小的缺点,但基本上都能知错就改。小主人公们充满孩子的天真与朝气,没有成人的僵化与世故,带有纯稚透明的个性。那些富于少儿色彩的主人公:小胖子、小虎、小燕子、怪老头儿、小马虎等,形象传神,让人倍感亲切。

　　小说常常采用第一人称叙事视角,带有强烈的亲近感与临场感。第一人称叙述视角拥有极强的说服力,自带推心置腹的语气,甚至将人物曲折幽微的心理也一并和盘托出,使读者产生一种确有其事、真实可感的阅读感受。而叙述语言与对话语言则又仔细揣摩小读者的接受倾向,充分的口语化表达,体现出孩子的说话习惯与思维方式,用新鲜的比喻、拟人、夸张等句式,让读者感到活泼有趣。比如,他会说"谁的耳朵最尖",而不是"谁的耳朵最灵敏",写时间流逝,"一转眼,地球打了1000多个滚——3年过去了",而不是呆板地写成"3年之后";写天气之热,"太阳照射产生的热量足以使一根竖立的蜡烛在几分钟内塌下去",而不是"太阳晒得大地十分燥热";写"太阳在云朵里进进出出",而不是"太阳在云朵中穿行",凡此种种不胜枚举。另外,叶永烈还常在叙述中加入许多疑问、设问和对话,人物说话的腔调极为传神地反映出其性格、年龄,将少年的莽撞冲动、好奇勇敢、鬼灵精怪等一一揭示出来,使其带有极强的辨识度。

　　作为有着丰富科学知识底蕴的科幻作家,叶永烈在宣传科技的同时并未把"技术至上"作为审视世界的原则,而是在少儿科幻作品中努力建构着纯净的精神向度,并使这种风格上升为一种高度的自觉。他重视对孩子们的精神引导,极其关注小说中价值观、人生观、世界观的设置,宣扬人性的真与善,强调科技正面与负面的两重性及人应对科技进行正确引导。其笔下的人物多以正面人物为主,他们生活目标明确,充满积极奋进的热情,将生命的光辉淋漓尽致地散发出来。

瘦削黝黑,有着鹰一般双眼的侦查处处长金明,不仅有着丰富的科学知识,能从蛛丝马迹中寻找破案线索,而且意志坚定,不可动摇。将全部身心投入科研攻关中的科学家陶惠教授,从自己身上取下细胞,通过单性繁殖技术和催长素刺激,在短时间内培育出一个与自己一模一样的人,让这个替身代他参加各种会议,争取宝贵的时间用于科学研究(《"逃会教授"的秘密》)。有九死而未悔的爱国志士(施宏乐),有在善与恶的交锋中幡然悔悟的浪子(王璁),用科幻题材书写着人间正道。叶永烈用他的作品昭示着科幻并非社会之外的存在,同样要接受公众价值标准的检验。

叶永烈执着地描述着正确的价值观,歌颂爱国主义,歌颂人道主义,歌颂民族团结,赞扬善于观察,赞扬互助有爱,赞扬充满信心的人生。批判种族歧视,批判极端个人主义,反对溺爱孩子,反对懈怠懒散,每篇小说都有着明确的是非观与善恶观。小说中的人物常呈二元对立模式,正面人物常常是拥有爱国情怀或积极面对困难的科研人员、办案人员、记者、运动员、普通劳动者,反面人物往往是来自国外的间谍组织、恶势力、金融大亨等,很少有介于善恶之间、模棱两可的人物。借人物之口说出生存的意义:"从小要做大自然中的有心人,只有从小努力学习,刻苦钻研,才能从普通的自然现象中得到启发,才能有所创造,为祖国做出贡献!"

我们可以看到许多痴迷于科学研究的科学家,在大是大非面前有着坚定不移的品格。他们热爱集体,爱自己的国家,希望将研究应用于国家的经济、军事、民用事业的建设上,显示出深沉的大爱。而当世界面临战争、瘟疫等巨大困境时,亦能牺牲自我。《神秘衣》中克服种种困难也要把自己研究的变色衣(四用衣)献给祖国的杨林生教授等;《腐蚀》中在生命的最后时刻还恪尽职守的研究人员李丽;《演出没有推迟》中中国科研人员将研制疫苗的方法向全世界公布……正是他们的存在,使科学没有脱离应有的轨道,始终在人类可掌控的范围内向前发展。

另外,叶永烈的作品在推广科技、关注科技、彰显科技力量的同时,也谨慎地提醒读者,一定要重视科技进步带来的副作用,显示出对科技被滥用以至畸形发展的隐忧。在人类的视域中,科学似乎是可以无尽增长的,叶永烈认为看待科学的态度应留有边界和余地,既不可掠其所有、取之殆尽,亦不可听之任之、放任自留,更不可以一己之所求为标准,使科学沦为满足人类各种不当欲望的奴隶。他担心克隆人会复制父本恶劣的品质,担心科学被有险恶用心的人利用,担心科学成为不当得利的手段。在谈到这些隐隐的忧虑时,往往跳出少儿科幻文学特具的美好窠臼,而书写人性中的贪婪与残酷。

儿童文学作家肖复兴提到怎样处理儿童文学的美好与残酷的关系时,说到"不希望儿童文学写成甜蜜蜜的棒棒糖"①,一味夸大生活的美好和甜蜜而没有必要的告诫和警示,这不是在保护少儿,而是刻意使他们忽略人世沧桑,对猝不及防的险恶缺乏必要的甄别能力。叶永烈的少儿科幻小说虽以彰显美好为最终旨归,但也绝不会将孩子们的双眼紧紧捂住,让他们无法看到生活的真实与残忍,不过他会善意地加一层薄纱,降解它的血腥与恐怖。

三、科幻创意:跨越时间与引领潮流

人们往往对最新的科幻大片或科幻小说更感兴趣,认为其中的想象更新鲜,更有趣,更接近科技前沿。然而现实生活中,科技进步的速度远没有文学中那般神速,要在扎实的基础研究前提下一步一个脚印地缓慢前行。因此许多时候,科幻文学中的所谓前沿不过是"出现频率较低"的代名词而已,而绝非现实中的前沿。那些早已出现的科幻创意也并不过时,完全可以通过不同的叙述角度和情节设置焕发出别样的光彩。如同

---

① 肖复兴. 我不希望把儿童文学写成甜蜜蜜的棒棒糖[N],中国青年报,2021—7—6(11).

人类写了无数关于爱情的小说,也可谓老生常谈,但无论古代、现代、当代的爱情小说都各具特色,绝不会因题材的相同而失去可读性。

在此意义上,叶永烈的少儿科幻作品是不会过时的经典。仅就科幻创意而言,便包罗了无数依然处于前沿的科技想象,这些想象没有因时间的推移而显得老套,反而更加具备了某种现实启示意义,成为现代科学的预言警钟。巨型机器人、可做窃听器的遥控电子蜻蜓、孵化恐龙蛋、古莲子发芽、外星探险、瘟疫肆虐、从蝾螈和蜥蜴体内提取出可使器官再生的蝾蜥剂、返老还童剂、走壁鞋和走壁手套、"百依百顺"型电子狗和"该说就说型"电子狗……各种各样的科幻创意源源不断地从叶永烈笔下流泄而出,令人应接不暇。无论在科技还欠发达的 20 世纪 70 年代,还是 21 世纪"嫦娥五号"成功发射,从月球采样返回的今日,这些科幻奇物都带有极强的先锋性与前卫性,不会因时代的推移而显得落伍,因为在其产生的年代已是遥遥领先,像灯塔上亮起的盏盏灯光,引导着人们前进的步伐。

事实上,叶永烈小说中提到的一些科幻想象,在近些年多部科幻大片与科幻小说中依然频繁出现,毫无过时迹象。他写用氩离子激光器照射人们拿过的物品,物品上就会显出清晰的黄色指纹,写仅凭几点干掉的汗斑便可以查出人的血型、性别乃至人种,这些在 21 世纪初的香港悬疑侦探电视剧《法政先锋》中均有提及,并作为高科技鉴证技术出现;他在《小灵通三游未来》中写到基因编辑,在今天仍被视为生物学王冠上的珍珠,所有关于基因编辑的任何一点进展无不引起全世界的关注;他描述的抽屉式建筑(《喜新厌旧》),2021 年 2 月在网络视频上以"模块化房屋"的最新型概念住宅面孔出现,但叶永烈描述的"抽屉式建筑"功能更多,设计更为科学、更方便,也更人性化。

他提到用红外激光照射在遗体上,使遗体能够起死回生(《自食其果》),这一创意与 2015 年的美国科幻大片《起死回生》创意相同;《弦外之音》中欧阳予清把女儿、女婿大脑中的记忆分子,注射到外孙女的大脑中,于是外孙女极快地掌握了小提琴的指法、弓法,成为神童和新星。这种记忆移植在 2011 年、2016 年的欧美科幻大片《源代码》《超脑 48 小时》和 2021 年最新上映的《缉魂》中均成为核心科幻创意。而他写到能够自由换掉被损伤的人体器官的《鲜花献给谁》,可以使残疾人变成运动健将,与欧美科幻大片《女神陷阱》所显示的 2059 年的地球相近。

他描写的一些未来科技即使在科幻电影、科幻文学已有长足发展的今天,依然带有明显的先锋性。如怎样使人返老还童,在人年轻时抽取出自己身上的 T 淋巴细胞,进行人工培养,然后将其冷藏起来,10 年后再注回自己的体内,会体验到身体的年轻化,浑身有使不完的劲(《足球场外的间谍案》)。当人笔述、口述都十分困难时,可以让脑部不断发出思维信息波,通过仪器接收到这种信息,然后整理打印,实现用脑写作,脱离笔、手和口的局限(《无形窃贼》)。这些在当今社会远未实现,成为提前为未来科技布置的一项作业,新兴的科幻电影大可以从中吸取优质素材加以生发吸引观众。

因此,在科幻文学日益发达的当下,叶永烈的科幻小说不仅跨越了时间的限制,且仍然走在时代的前列,成为引领潮流的存在,并未因时间的流逝消失了它炫目的光芒。所谓经典便是具有穿透岁月的力量,它不是流行的、时尚的,而是坚挺的,厚重的,可以在自己的位置上不断闪耀,照亮后人。叶永烈少儿科幻作品是新中国成立以来兼具个人特色与时代特征的科幻体系,既是其创作生涯中奉献给孩子们的优质精神食粮,同时也深深镌刻着时代的烙印,成为极具收藏和研究价值的科幻文学经典。虽然斯人已逝,但其留下的文字历久弥坚,成为几代人永久的记忆。

幻想天地里的现实行者

——谈杨鹏幻想儿童文学的类型与反类型

崔昕平

在以现实主义为主流的儿童文学创作领域,杨鹏具有极高的辨识度。他始终不遗余力地疾呼"保卫想象力",并致力于开拓儿童文学幻想世界,其创作呈现出"生活型幻想""科学型幻想""狂欢型幻想"等不同类型的特点,作品已拥有数千万册的累计销量,获得过 20 多个国家级奖项。杨鹏的儿童文学工业化观点、类型化理论,又使他相对独立于儿童文学话语圈。杨鹏深谙类型文学创作之道,作品不仅具有极强的可读性,而且又能于夸张戏仿中深蕴现实批判,在铺排幻想时始终贯串童心关怀。作品内里反类型的、超越时代的思想内蕴与文学价值,使得他的类型化作品突破了时代的局限,具有了热闹之余的意义深度。

在当代儿童文学创作界,杨鹏是一位旗帜鲜明的作家。杨鹏,福建长汀人,"70后""第五代"儿童文学作家中的代表人物。他自 1991 年以科幻文学开启文学创作,至 2005 年振臂呼吁"保卫想象力",致力于开拓儿童文学幻想世界二十余年,被热爱他作品的孩子们称为"幻想大王"。当他带着故事出现在孩子们中间时,孩子们的情绪往往旋即飙至沸点。他的儿童文学创作,始终处于一线儿童文学作品之列。而针对杨鹏创作研究的学术论文,数量倒极为有限。深入杨鹏儿童文学创作与理论思索的内里,探讨一些具有意义的关联,有助于客观评价杨鹏作品的存在与意义。

一、幻想儿童文学的本土面貌

在当代儿童文学创作界,杨鹏是始终不遗余力地疾呼"保卫想象力"并身体力行进行幻想儿童文学创作的作家。想象力对于个体成长的重要性、对于群体未来发展的价值是不言而喻的。而在不言而喻的意义面前呼唤不言而喻的理念,在文学的世界里,尤其是在儿童文学的世界里,又是自有一番深意的。

有一个因胡适先生深以为然而广为流传的说法:"看一个国家的文明,只消考察三件事:第一,看他们怎样待小孩子;第二,看他们怎样待女人;第三,看他们怎样利用闲暇的时间。"中国儿童自"肩住了黑暗的闸门,放他们(孩子们)到宽阔光明的地方去"等"五四"先驱的疾呼而获得尊重,并由此开启了中国本土儿童文学"光荣的荆棘路"。各国儿童文学的面貌,必然深印着本民族的文化特质。诚如英国儿童文学精于深邃辽阔的幻想,美国儿童文学充满鲜活的生活气息,德国儿童文学独具深刻的思辨一样,在文化传统与时代规约的影响下,中国儿童文学选择了现实主义为主流的创作道路。对此,王泉根做出如下表述:"这种文学更多地体现为对现实的描摹、反思、评判与想象,追求逼真、传神的艺术效果,侧重于文学的认识作用与教化作用,它主要影响于儿童的意识形态、价值取向、国族认同、人生态度。"

中国现代儿童文学发端期的幻想之苗,源自中国首部文人创作童话——叶圣陶展示现实苦难的短篇童话集《稻草人》,被鲁迅誉为"给中国的童话开了一条自己创作的路"。彼时,大量西方儿童文学译作,如赵元任 1922 年翻译的《阿丽思漫游奇境记》、梁实秋 1929 年翻译的《潘彼得》等,充分展示了西方儿童文学的幻想性特质。但是 20 世纪 30 年代的"鸟言兽语"之争,50 年代、60 年代对文学现实功用的强调等,都使中国儿童文学越来越走向严肃的现实主义。在"新时期"思想界与文艺界的第二次大解放中,儿童文学一方面尝试了多种形式的文学探索,另一方面也因更加被强调的"使命"意识而始终选择了现实主义创作主流。这两种明显具有"成人本位"的、理想主义的、形塑"儿童"与"儿童文学"的愿望，使进入20世纪90年代的儿童文学面临了来自儿童受众的"无人喝彩"的尴尬。儿童文学出版萎缩，不少出版社的儿童文学读物编辑室相继被合并或撤销。

对中国本土儿童文学幻想性匮乏问题的广泛关注，始于20世纪末21世纪初。这基本与儿童受众读者主体地位的回归同时间段。前期的孙幼军、郑渊洁，之后的秦文君、班马、彭懿、陈丹燕等作家纷纷关注幻想文学创作。日益广泛的儿童文学对外交流开拓了文学思考的视野，1998年，"大幻想文学"概念借助出版人的力量提出，期冀以此打破儿童文学创作格局、寻求中国儿童文学与世界儿童文学潮流的同步。这次出版人与创作者共谋的出版行为，虽然激起当时多家媒体的争相报道，但囿于长期以来的创作惯性，本土"大幻想"并没有产生出天马行空、令人兴奋的儿童文学佳作，也没有能够从观念上激起儿童受众的认可。

彼时的杨鹏，正在北京师范大学文学院攻读中国现当代文学硕士学位，身处学术前沿，对此做出了敏锐的反映。20世纪末21世纪初，杨鹏成为屈指可数的、坚持少儿科幻创作的作家，也以自己对于幻想儿童文学的理解，开启了"装在口袋里的爸爸"系列的创作，首度创作的三部作品，成为春风文艺出版社"小布老虎丛书"中最畅销作品之一。

21世纪初，人民文学出版社引进了炙手可热的幻想小说"哈利·波特"系列，引起巨大反响。之后，西方幻想儿童文学作品大量引进，我国儿童文学阅读趣味与世界儿童文学潮流取得同步。与此同时，儿童想象力缺失的问题引起广泛关注，潘家铮在谈为什么给孩子写科幻小说时，提到年轻一代的两个突出缺点之一就是"缺乏想象力"。少儿畅销书排行榜上，引进版幻想小说成为绝对的主角，大大刺激了本土儿童文学。彭懿、秦文君等文学作家均指出，幻想在我国儿童文学创作中十分匮乏，需要奋起直追。《文艺报》撰文呼吁《儿童文学应重视幻想》，幻想儿童文学的意义得到空前重视。但 21 世纪的第一个十年,本土原创幻想文学显出无序发展的乱象,数量膨胀,质量参差,饱受诟病。喧嚣之后,越来越多的作家选择了再度回归现实主义。

这样的潮起潮落,杨鹏似乎并未卷入,又始终"在场"。他并没有追随幻想儿童文学或"魔幻"或"冒险"的潮涨潮落,而是以一种韧性的坚持,笃定地铺设自己的幻想儿童文学创作之路。近二十年间,他的"装在口袋里的爸爸"系列显示出持续的文学生命力,截至 2018 年 1 月,总印数已达一千四百万册,并多次入选国家新闻出版总署推荐书目、教育部推荐小学生必读书目;他的"校园三剑客"系列和之后创作的"幻想大王"系列也都各据一方幻想领地,共同实践着杨鹏"保卫想象力"的文学理想。

二、以"保卫想象力"为基点的多型幻想

幻想类儿童文学作品之所以深得儿童喜爱,在于这种表现方式与儿童内在心理的呼应。幻想,是儿童早期思维的重要表征,契合于儿童万物有灵的认识世界的方式。中国古典文学著作《西游记》深为历代儿童所喜爱,成为中国在海外最富盛誉的幻想文学作品,正是源于其超越人、神、物边界的大胆无拘的幻想,和超越理性思维边界的夸张变形。幻想类儿童文学作品,不但以充沛的"游戏精神"满足了孩子的心理诉求,而且有助于激发和拓展儿童想象能力的发展空间。德国儿童文学作家凯斯特纳把想象力称为是儿童理性和身体之外的"第三种力量",是儿童的心灵所拥有的力量。对此,杨鹏有深深的使命感。他在多个领域反复倡导保卫儿童的想象力,2006 年 11 月,杨鹏与《小学生拼音报》合作发起"幻想中国·书香校园"活动,以"保卫想象力"为宗旨,开展作家校园行、科幻故事续编、科学故事征文等活动,呼吁社会、学校、家长保卫孩子的想象力,开发孩子的创造力。短短两年内,杨鹏演讲近 200 场,参与人数超过了 10万人。除了宣讲疾呼,杨鹏所做的最直接的"保卫"方式,便是为儿童创

作优质的幻想儿童文学作品。

一个从事幻想文学创作的作家,是需要有想象力的。在身为作家的精神气质上,杨鹏显示出了与幻想文学内在气韵的高度契合。杨鹏的创作思维具备由现实生活一步踏入层叠幻境的能力,他的幻想儿童文学创作路径多元,面貌丰富。结合儿童读者思维能力与审美能力阶段性发展的特点,杨鹏的幻想儿童文学创作集中于"生活型幻想""科学型幻想""狂欢型幻想"等主要类型,各类又有着自己较为明确的定位。"生活型幻想"多为小学高年级读者创作,依托幻想、夸张,帮助孩子认知周遭的社会,既有着扑面的生活气息,又充满了满足儿童愿望的童话般的题旨。由生活型幻想上升一个幻想层次,"科学型幻想"以科学精神的注入来拓展作品的思想层,引导儿童形成更加开阔的认识世界的视野与愿望。再上升一个层面,专注于打开儿童发散的思维通道,调动他们潜在的丰富而巨大的想象力,构成了"狂欢型幻想"创作。各类型创作也都形成了代表性作品。尤其值得关注的是,杨鹏的三种类型的幻想儿童文学代表作,借用书业的词汇,虽然没有形成奇峰突起的、动辄年销百万册的超级"畅销书",但成为少儿书业中延续20多年的"常销书",接受了一代又一代小读者的检验和认可,实现了历时性的文学传播。

"装在口袋里的爸爸"系列,采取在现实生活中开出想象之花的"生活型幻想",讲述小男孩杨歌和他缩小到拇指大的爸爸经历的一系列生活故事。自2001年出版《爸爸变小记》至2016年,共创作《聪明饭》《我是超人》《神仙爸爸》《不会笑的插班生》《我家有棵摇钱树》《我会七十二变》等50部系列故事。所谓"生活型幻想",在于这种想象完全扎根于现实,借助作家的想象思维,从生活的土壤中生发幻想的故事,既与生活密切相关,又完全跳脱生活的常规,以夸张变形的手法描绘一个亦真亦幻的故事空间。"装在口袋里的爸爸"系列开篇第一部《爸爸变小记》中这样打开故事的闸门:

据说爸爸和妈妈结婚的时候,还是体壮如牛。这种状况一直维持到我上小学一年级。也就是爸爸和妈妈结婚八周年的时候,情况发生了急转直下的变化:一天下午我放学回家,妈妈和爸爸发生了我出生以来的第一次争吵(严格地说,是妈妈在训爸爸)……爸爸被说得面红耳赤,身体顿时矮了一截。

杨歌颇具典型性的"强势"妈妈总是拿爸爸和别人家的爸爸比,稍不如意就出言贬损。爸爸竟然被贬损一次就缩小一点儿,最后从一米八的大个子缩到铅笔头大小,小到可以装在儿子的口袋里。多么富有创意的想象基点! 于是乎,作家一路展开想象的狂欢,生活在现实与幻想间不断穿梭。爸爸变小了,许多对正常大小的人类来讲是易如反掌的事情,对爸爸却是千难万险。比如说,在公司里接电话,爸爸首先得通过椅子的扶手费尽九牛二虎之力爬到桌子上去……显然,爸爸无法胜任外出工作了,只好待在家里。但是,这样身躯的爸爸同样无法胜任家庭生活。有一天,儿子杨歌忘了关水龙头,家里发了水,爸爸非但没有力气关上水龙头,而且,"水池子里流出来的水越来越多,水势非常不乐观。爸爸不得不忍痛舍弃了家,用一把小勺子当桨,坐在一只拖鞋里,划了出去,才算捡了一条命"。无奈间,妈妈把这个小爸爸派给了儿子,装在口袋里,带在身上。

每天早晨上学之前,妈妈都要问我:

"橡皮带好没有? 家庭作业带好没有? 家长签字的考卷带好没有? ……"

在一百个"带好没有"之后,妈妈就会问我:"爸爸带好没有?"

我从橡皮、家庭作业开始检查,检查到第一百零一件——爸爸,放在我的口袋里了,妈妈这才放心地让我上学去。

作家从儿童极为熟识的生活场景出发,将现实气息的日常与奇特的幻想糅合,驾驭故事在现实与幻想间自如穿梭,既离奇热闹,又寸步未离真实的生活,形成了一种介于"隔与不隔"之间的虚构尺度,令小读者产生了熟悉亲切而又新奇刺激的阅读体验。与此同时,在夸张与想象的合力作用下,杨鹏的故事呈现出举重若轻的幽默感,也常能一开篇便调动小读者的阅读热情。杨鹏跳跃式的想象更是常常跑赢读者,形成一个个接踵而至的"新奇",吸引小读者一路追随。

"校园三剑客"系列,则坚持了杨鹏初涉创作的"科学型幻想"路径。杨鹏自20世纪90年代开始了他的科幻创作。在科幻文学努力与儿童文学区分壁垒的时代,也许是出于自身文科知识背景和对科学的敬畏,也许是出于"为儿童"的使命感,杨鹏没有在成人科幻文学创作上进一步深入,而是将读者定位下移,锁定于少儿科幻文学创作,以科幻元素与科学精神作为创作的增色剂,以科幻的形式传达基于儿童精神成长的人文关怀。在笔者看来,这应当是一种明智的规避与智慧的选择。刘慈欣所作的评价,"杨鹏一个人撑起了中国少儿科幻文学的天空",指出了杨鹏这一文学选择的文学史意义。

杨鹏的少儿"科学型幻想"作品题材涵盖丰富而多元,宇宙与异星生物、怪物入侵地球、机器人进化、时间穿越等题材等均有涉猎,而其中最为醒目的当属"校园三剑客"系列。这个庞大的系列自1995年开始创作,延续至今已经达40余册,被叶永烈评价为"百年来中国最大规模少年科幻小说"。杨鹏笔下的"校园三剑客",由"校园超人"杨歌、"电子少女"白雪、"电脑天才"张小开三个形象组成。这三个生活在校园中的孩子个性鲜明,各怀本领:杨歌能驾驭超能力,勇敢果断;白雪聪慧美丽,能驾驭读心术;张小开则幽默滑稽,并能化解各种电脑方面的难题。三个角色形成优势互补的三人行动小组,屡次执行重大的地球拯救任务。作品系列化的创作布局,将主角们置于不同的科幻情境中,让他们在强烈的好奇心驱使下,暂时脱离现实的生活,探索无穷无尽的科学奥秘,也因此牵出一个个惊心动魄的故事。三个鲜明的人物形象贯串该系列的始终,陪伴了一代又一代的孩子们,杨歌、白雪、张小开,也在儿童文学人物画廊中留下了令人难忘的印象。

相较于"生活型幻想"和"科学型幻想",杨鹏近年集中创作的第三个系列——"幻想大王奇遇记"则呈现出"狂欢型幻想"的特点。2012 年 9 月开始,"幻想大王奇遇记"系列中《同桌是妖精》《一万个分身》等作品陆续问世,至 2015 年 7 月,该系列的销量便突破了百万册。数据清晰地显示了"幻想大王奇遇记"系列在儿童受众间的口碑与热度。"狂欢型幻想"散发着发散思维、求异思维的火花,虽然同样以现实生活为背景,但情节构思凸显了打破常规、冲破传统的意愿,形成了标新立异的思维模式与想象模式,并常常借助特定的媒介或巧设的机关,跨入奇异的幻想空间。"幻想大王奇遇记"戏仿《西游记》,塑造了三位具有喜感的主人公形象——孙小空、白谷静和朱聪明,组成一个"奇幻三人组"。在拘谨的校园生活中,在繁重的课业负担中,儿童的顽皮与师长的严苛不断"斗法",人物与事件在现实生活、魔法空间、异星球来客、精灵世界等异次元空间中穿梭往来,为儿童读者营造了开阔、自由而欢快的想象空间,传达了作家一贯的保护与张扬少年儿童想象力的愿望。同时,该系列集奇幻、幽默、冒险、侦探、魔法等多种类型元素于一体,充满时尚与幽默的气息,具有极强的可读性。

三、追求类型化,又致力于反类型化的个性表达

相较于杨鹏作品在小读者群获得的广泛认同,他又是一个颇有争议的存在。对他的争议,集中于杨鹏对类型化"写作工坊"创作模式的高调激赏与实践。他的作品均以类型化、系列化面貌出现。

杨鹏不是一个对文学的纯粹性故步自封的创作者,而是多次以不同的形式表达自己对于儿童文学娱乐性、类型化创作的认同。21 世纪初在

引进版儿童文学畅销书垄断童书市场的时代背景下,杨鹏以比较的视野,对比外国儿童文学与中国儿童文学创作的差异,敏锐地指出,"所谓的原创童书不应该只是纯文学作品,而应该是包括童书作品的方方面面";而我国童书的空白处很多,比如"类型化的儿童文学作品像少年科幻小说、少年侦探小说、少年冒险小说、少年惊世小说、少年武侠等"。他认为,正是因为这些类型化儿童文学的创作空白,才使得引进版儿童文学作品如"冒险小虎队"系列能够长期占据我国童书的销售市场。杨鹏感叹,"中国儿童文学发展了近百年,至今没有产生像江户川乱步那样真正意义上的少年侦探小说作家、布热齐纳那样真正意义上的少年历险小说作家、斯坦那样真正意义上的少年恐怖小说作家、罗琳那样真正意义上的少年魔幻小说作家、赫洛维兹那样真正意义上的少年间谍小说作家"。对 20 世纪90 年代以来中国儿童文学的发展窘境,他也做出分析,"这样一个只有纯文学作品、缺乏市场营养的儿童文学体系,如何能与发展了上百年、拥有丰富的市场经验、武装到了牙齿的域外儿童文学相抗衡呢? 我们这些从事儿童文学写作与研究的人们,如何还能躲在象牙塔里因为同行的几声叫好和得几个大奖沾沾自喜呢? ……除了突围,我们别无选择!"

对中国儿童文学发展中存在的问题,杨鹏不但充分表达了自己的忧患意识,而且以最直接的方式投入到了类型化儿童文学创作的突围之中。21 世纪初,杨鹏开始大力倡导"文化工业""儿童文学商业化写作"。2002 年,"杨鹏工作室"成立,成为国内首个以流水线方式创作儿童文学和科幻作品的作家工作室。2009 年,杨鹏还出版了专著《科幻类型学》,强调了"文学类型化"是近代文化工业所产生的一种必然的文化现象,也对各种类型科幻写作模式做出了概括,形成了创作实践与理论探讨之间的相互印证与呼应。杨鹏曾高度关注日本作家那须正干的创作,并做出"作品系列化、图书品牌化、人物偶像化""创意必须新颖、情节必须进展快速、故事必须充满悬念"的总结,这可视为是杨鹏对少年科幻小说类型化特点的理解,也成为他在类型化创作道路上的宣言。

关于类型文学的意义论争,并非一个新鲜问题,却是一个始终纠缠的话题。类型文学,常常作为与"精英文学""严肃文学"或"纯文学"对应使用的概念出现,显示出鲜明的通俗文学属性,追求大众文化的娱乐功能,其最为鲜明的特征就在于模式化和可复制性。具体而言,是指其在题材取向、人物设置、结构方式、美学风格等方面均有较固定模式的"类型化"小说创作。文学的类型化创作,"对读者来说,犹如'期待域',而对作者来说则如同'写作范例'"。大众文化时代,类型文学既能满足读者对"可预测性"和"安全感"的阅读诉求,又能满足读者对"刺激性""风险性"和"出乎意料的感受"的阅读诉求,利于产生符合阅读的"信念"和"快感",因而,类型文学往往成为书业"畅想书"的主要来源。与此同时,过于迎合读者、创作的模式化和可复制性,又往往成为类型文学遭受质疑的靶心。

由表及里地看,一方面杨鹏深谙类型文学创作之道,充分发挥了类型文学的优势,使作品具有了极强的可读性。杨鹏善于讲述"故事",有开篇不到 100 字即让人紧张心跳的能力。他的故事往往先爆发激烈的冲突,而后再抽丝剥茧,道出成因。超强的想象力制造出巧妙的情节机关,不断突围着人们的想象定势,在读者的意料之外推进情节。叙事层面,杨鹏从不拖泥带水,快节奏的叙事,密集的情节,迭出的悬念,充分展现了"故事"的魅力。人物设置上,直接采取了他本人在《科幻类型学》中对人物配置做出的类型化概括,多数运用"金三角"角色组合,且人物性格也做出类型化的预设,三人角色互补,亦庄亦谐,动静相生。"校园三剑客"系列、"幻想大王奇遇记"系列等均如此。同时,杨鹏作品在语言方面从来都是与儿童毫无隔阂的。在叙述语言上,杨鹏契合少年儿童阅读习惯与审美接受能力,措辞上采取了一种介于口语与儿童书面语能力范围之内的书写方式,使用句式一般不超过 15 字,时尚的词汇与校园的元素无处不在。作品中的英雄情结、幻想情结,更是直通儿童内心世界的法宝。这一切,构成杨鹏作品畅销 20 余年的创作秘籍。

继续深入探讨杨鹏作品的意义,我们又会发现,杨鹏的类型化创作,又是自觉回避那些追逐热点或跟风的"商业味"的。类型文学生产与畅销书之间的必然联系,已经成为众多作者和出版机构日益熟谙的法则。21世纪初以来,幻想小说热、冒险小说热、校园小说热等迎合一个时代儿童读者阅读口味的畅销书创作潮轮番登场,而身处其中的杨鹏似乎并未为潮流所动。他以自己的思索和定位,始终坚持自己的创作方向与节奏。而更有意味的是,尽管儿童文学类型化创作潮起潮落,许多红极一时的作品已经销声匿迹,杨鹏作品却绵延20余年,始终是孩子们追随的阅读伙伴。

这恰恰构成了杨鹏创作的另一方面特征:杨鹏是一个在借鉴类型化创作手法之余,始终坚持创作个性与艺术追求的作家。他的类型化儿童文学创作,经历20余年,都已形成了数十册的庞大丛书规模。而他的读者群,事实上也早已换了好几代儿童。这种不断出新,并且能超越代际、受到每一代儿童的喜爱,实际上是具有极高难度的。惯常讲,类型文学的续集创作有一个"死穴",就是会令读者感到"不如"第一部。类型文学创作虽然因其类型化手法而具有了可复制性,但复制的文本要想获得读者的再度认可,必须做到质量的自我超越。这其实为创作者提出了创新性上的巨大挑战。同时,一部类型化作品能够突破时代局限,得到不同时代读者的喜爱,也显示了作品内里某种反类型的、超越时代的思想内蕴与该作品所独具的文学价值。

(一)杨鹏作品于夸张戏仿中深蕴现实批判

读杨鹏的幻想作品,常会联想到"慢亭过客"袁于令在《西游记题词》中做出的评价:"文不幻不文,幻不极不幻。是知天下极幻之事,乃极真之事;极幻之理,乃极真之理。"以"装在口袋里的爸爸"系列第一部《爸爸变小记》为例,杨鹏以人的"异化"开启故事,一米八的爸爸变得只有拇指大小。人物变形,这是幻想儿童文学中常见的手法,但爸爸的变小,并不像《爱丽丝漫游奇境记》中的爱丽丝那样,因为吃了兔子洞里的点心而任

意变大变小,更不像《西游记》里的神奇法术,而是因为人类世界的、现实的压力。作品这样写道:

> 妈妈指着爸爸的鼻子呵斥道:
> "你瞧瞧人家陈雪虎的爸爸,比你小五岁,文凭也不如你,现在被提为总公司的董事长了。看看你,到现在还是一个小职员……"
> 爸爸被说得脸红耳赤,身体顿时矮了一截。

接着第二次,是因为与一位名校的著名教授爸爸比,第三次,是与一位腰缠万贯的总经理爸爸比,第四次……爸爸就这样不断变小,直至缩成拇指大小。这个变形,不是单纯游戏意味的戏说,而是携着一股浓浓的生活窘境,爸爸的变形,源自家庭中妈妈的语言暴力。借助夸张手法,作家让这份窘境变形、放大,呈现在读者面前。显然,该系列夸张戏仿的故事源头,是中国部分较为奇崛的家庭关系与无限攀比的不平衡心理。在儿童从中感受趣味性的同时,"口袋爸爸"的系列故事实则充满了成人世界的隐喻,也处处可见指向现世的黑色幽默。《聪明饭》中,写到杨歌每晚都在"愚公移山"——针砭现实生活中机械而庞大的作业压力,孩子像愚公一样面对永远写不完的作业山。而爸爸苦心研制"聪明饭",就是为了让孩子从残酷的竞争中脱颖而出。爸爸还真的成功了,连宠物猪吃了聪明饭都会吟诗作文了。杨歌吃了聪明饭,果然神勇无比。作品极度的夸张戏仿,带来了宣泄的快感:杨歌疯狂地刷题,做完的习题册"像鸟儿一样飞起来,令人眼花缭乱";杨歌面对极其刁钻的文言文,瞬间过目成诵;杨歌扫视满屏数字的股市大盘,轻易发现了一个数据漏洞……陶醉于"天才"感觉中的杨歌,很快"对聪明饭令人作呕的味道忽略不计了"。因为有了吃了聪明饭的儿子,杨歌的妈妈被约稿写了一本《告诉孩子你是天才》,"从妈妈怀孕的时辰、怀孕的时候吃什么、胎教的注意事项……到我小的时候吃什么、什么时候开始会背课文等事无巨细,统统都被采写成了文章。据说《晚报》的发行量因为妈妈的专栏往上翻了十倍!"

狂热的"成功学"不但绑架了成人,而且绑架了儿童,绑架了"成功"的标准。现实讽刺无处不在。而当爸爸被女市长一番关乎全人类幸福的攻心术讲得痛哭流涕,献出聪明饭配方时,人人都变成了天才。更加有意味的夸张再次铺展:之后,股票交易所的大屏幕闪动快了一百倍;数学老师成了出题天才,仿似"冷面杀手";语文老师说话速度提升了 N 倍,短短30 秒细数从古到今一百个著名的文学家。于是,"我"又变回了差生。现行教育体制下,每个孩子无法逃避的攀比、竞争压力,以无限放大的形式呈现在读者面前。透过作品,我们读到了杨鹏这样一位冷眼热心的观察者、批判者、反思者,以这样的形式,将儿童所面临的扭曲的教育环境呈现在读者面前。当杨歌发现了"聪明饭综合征"隐患并上报市长后,满大街有了"聪明饭有害健康"的标语,但聪明饭的售卖从未停止。这熟悉之至的标语,让我们瞬间产生"吸烟有害健康"标语的联想,也准确接收到了作家的现世讽刺。《聪明饭》在闹剧般的荒诞中结尾,激烈的社会竞争下,人们明知聪明饭有害健康、甚至导致死亡,却仍在疯狂地高价求购聪明饭。狂欢化故事背后的深蕴,使得杨鹏的作品在幻想制造的欢愉之外,具有了可以做出多重阐释的、富于层次感的解读空间,不同年龄的读者都可以从中找到自己的共鸣点。

以"校园三剑客"系列为代表的少儿科幻创作同样充分显示杨鹏反类型化的现实思索。作品充满了科幻精神指引下对科技与人的关系的思索和对人类未来的悲悯。其中的《冷漠天使》一部,以"未来世界"为主题,以幻想的方式假设了地球因为"人类不断膨胀的野心和欲望,以及不加节制的行事",逐渐变成"一个物欲横流、情感泛滥"的世界,于是乎人与人、国与国之间的矛盾冲突都不断升级,导致整个地球与人类都陷入灭绝的危机。以拯救人类为口号,"冷漠天堂"教派悄然诞生,宣称"情感是人类一切罪恶的根源",告诫人类,要想保持永久和平,唯一的办法就是"杜绝一切情感"。通过这样的幻想预设,作家进一步以归谬法推演情节:"冷漠天堂"之后发展壮大为一个政党,还在国会大选中获得胜利,"冷漠教主"成为领袖,控制了世界联合政府。于是,各种美味的食物,风格、色彩各异的用品和文学艺术作品都被列为"禁品",包括人们的七情六欲也被严令禁止,有专门抓捕"情感罪犯"的"冷漠天使"和"冷漠卫士"。在无限放大的"拟现实"推演中,作家提醒人类反观无限膨胀的个体私欲和可能导致的群体灾难。作品最终托出,人类美善的"情感",才是"人世间最重要、最美好的事物"。《激战巨蚊岛》《再生战士》《超时空魔盘》等作品中如潘多拉魔盒被开启的连绵灾难,同样源于人类的自以为是,源于人类对权欲的贪婪。借助荒诞式的夸张,作家虚拟出了令人窒息的灾难感和人类直面灾难时脆弱的无助感。

对科技伦理的人道主义反思,是杨鹏"科学型幻想"作品的显著特征。杨鹏执着于透过现象追求本质的真实,在汪洋恣肆的科学幻想之中,传达科技既能带来快乐也会侵蚀快乐,既能造福人类也会导致灾难的道理,呼吁作为科技运用的主体——人类所应承担的伦理责任。作品中,每一次人类的终极反思与抗争毁灭的艰难取胜,闪烁着暖心的人性光辉。

(二)杨鹏在铺排幻想时始终贯串着童心关怀

杨鹏的每部作品中,都充分展示了其天马行空的想象能力与魅力,常常无须与生活拉开距离,即能进入奇妙的想象世界。在"奇幻""玄幻""魔幻"等竞"幻"的类型化幻想儿童文学创作氛围中,杨鹏作品的"幻想"显示出极为鲜明的个人风格。他的幻想创作,不单纯追求幻想的无拘与故事的快感,无论展开如何天马行空的想象,其内核始终贯串着童心关怀。

杨鹏借助幻想的羽翼,以儿童本位的写作立场,在作品中形象化地探讨孩子与父母、个体与社会、人类与自然等诸多层面的问题。比如他新近创作的"幻想大王奇遇记"系列,虽然幻想更加张扬,甚至散发着后现代的文化气息与解构主义的色彩,但是,其现实所指仍然敏锐而犀利。作品呈现出一种充满幻想魅力和游戏乐趣的现实校园生活场景。《种植父母》

中,以幻写真,表达高压下的孩子们希望获得按照自己意愿改造父母的权利:作者构思出一个奇特的商店——"随心所欲种植父母超市",出售种植父母的种子,还有能形成不同性格的"性格配方"。作品让缺失父母关爱的孙小空先后种出精英父母、超人父母、低素质放任型父母和平凡父母。在提醒父母反思应该怎样对待孩子的同时,也为挑剔父母的孩子提供了反思自己的思路——"你能当完美的儿子吗",让孩子们跟着故事狂欢的同时学会换位思考。《一万个分身》的故事缘起孙小空一个偷懒的愿望,也是每个孩子都会有的小愿望:"要是我有个分身就好了,我可以让他代替我去上学,我自己在家美美地睡觉。"这完全是现实所迫产生的"减压"梦。微妙的心态描写,巧妙的暗埋伏笔,善意地影射了一些意志力薄弱的孩子不计后果地推卸责任的毛病。可以说,孩子们各种离奇古怪的愿望,被杨鹏收集于笔下,亦幻亦真地表现在作品中。而杨鹏以自己的作品为儿童代言,虽然是幻想,却真实指向对当代儿童的成长境遇的思索。为儿童争取"权力"的同时,又始终是一位善意的成长陪伴者,他绝不仅仅让自己的作品停留在宣泄的层面,而是进一步加以疏导。"种植父母"的孩子,放大了亲子间存在的教育分歧,最终引导孩子回归认可自己的父母。想要"一万个分身"的孩子也同样,通过现实生活的考验,认识到分身术并不能替代自身的努力。在杨鹏的作品中,我们看到了作家遵循儿童文学发挥心理净化功能的步骤,引导儿童经历着认同—情感宣泄—领悟三阶段,也深深感受到了杨鹏以幻想之翼包裹的细腻的爱童之心。

杨鹏的作品,还常常借助幻想的超能力,帮助儿童实现深藏在每个儿童心底的"英雄梦",以惩恶扬善的正义情怀,以童话般温暖灿烂的叙事,为儿童灌注善意、担当、意志品质、合作意识等丰满的精神力量。就像有人将金庸的武侠小说喻为"成人童话"一样,很多时候,笔者更愿意将杨鹏的少年科幻系列"校园三剑客"视作"少年童话"。因为它们具有童话的风骨——以幻想精神作为主要审美手段,表达和满足人类愿望,特别是儿童愿望。儿童的心灵,具有"反儿童化"倾向,儿童期待自由无拘,有着对复杂成人世界的向往和反叛,和对无法把握的现实的"想象性驾驭"。他们渴望在力尚不能及的时候,在心灵层面享受纵横四海的成就感。杨鹏站在儿童立场上,深谙儿童文学的"游戏精神","装在口袋里的爸爸"系列中,将一向高大威严的父辈形象做了弱化处理,让成熟伟岸正确的爸爸充当了顽童的角色,产生了极强的戏剧性,极大地满足了孩子的游戏精神和颠覆带来的快感。杨鹏的"校园三剑客""幻想大王奇遇记"等系列作品,都贯串了"小孩子拯救大世界"的主题,灌注着一种昂扬的、少年英雄主义的浪漫情怀。作品每每以儿童来充当人类世界的拯救者。为了让"小孩子"能够实现美好愿望,过瘾地完成拯救世界的任务,杨鹏常常赋予主人公某种"超能力",如"校园三剑客"中的杨歌,因为偶然进入时空隧道而获得了发射霹雳火球、接受思维波和瞬间转移的能力,白雪对生物、历史和语言学极度精通,张小开则能编各种电脑程序、破解各种高难度密码。借助这些令儿童痴迷的、超乎常人的能力与智慧,"校园三剑客"得以在种种困境与险境中机智应对,化险为夷,一次又一次地拯救人类。为了增加故事的合理性,杨鹏还设计了一个始终处于暗处的"神秘客",以"成人隐形人"的角色从旁助力,使各种孩子们无法解决的现实问题获得迎刃而解的可能性。借助杨鹏的作品,孩子们获得了一次次"爱"与"善","正义"与"美好"的胜利。

四、结语

目前,类型文学创作日渐繁荣,数量远超纯文学,但对它的研究、评价还较为有限。加拿大有学者发现,"过去一百年来,系列丛书一直是年轻读者的最爱,却是老师和图书馆员最瞧不起的书籍"。杨鹏也面临这样的问题。杨鹏个人创作的图书迄今为止已出版作品100多部,计1000多万字,图书总发行量达2100万册,并涉足影视、动漫等多个行业。杨鹏的作品还曾多次获中宣部"五个一工程"奖、"国家图书奖""中国电视金鹰奖"

等荣誉,改编的动画片入选"国家广电总局推荐优秀国产动画片"。然而,杨鹏创作得到的阐释还极为有限。

杨鹏乐于制造类型,但他的类型似乎又从未变成普世的类型,而是始终为他自己所独有。从幻想小说的人物设置、情节结构和美学风格等方面来看,杨鹏是充分化用了类型文学的可读性优势,而从文本的独创性来看,杨鹏又是具有鲜明的反类型化实践。杨鹏的幻想始终既天马行空,又紧贴现实,渗透着人文关怀、社会责任感,渗透着对儿童成长的关切和形塑儿童心理的理想主义色彩,这使他的幻想小说与一般的热闹派幻想作品区分开来,具有了热闹之余的意义深度。正如有学者对丹•布朗的评价,"模式之外还有更血肉丰满的东西"。杨鹏的作品因而具有了多重阐释空间,他不仅仅是针对孩子创作的,而且也为成人勾勒了另一个视角下的真实人生。

同时,杨鹏庞大的创作量,也显现出一些值得警示的问题。一方面,倘若比照一些为世界所公认的幻想儿童文学经典,杨鹏作品的意蕴层次在奇思妙想到现实思索方面都已有出色的表现,但在人文底蕴、哲理蕴含层面还需要朝向经典的深入。另一方面,杨鹏以工作室模式展开类型化创作,部分存在"把关人"问题,早期个别作品出现了语言过度狂欢化、情节怪诞化等问题,有的作品还显现出前后文学理念不一致的问题。这一点,杨鹏已有意识地作出了调整。2010年以来,杨鹏完全摒弃了工作室的创作方式,大部分工作室作品均做了封存处理。"工作室"成为具有实验性质的创作行为走入了历史。近年来,杨鹏的创作已经大大收缩,专注于几个主要系列,品质也不断提升,这让我们对杨鹏作品的艺术走向充满信心。

杨鹏对自己作品有这样的要求——不必是最好的,但必须是与众不同的。我们也确实看到这样一个有意味的现象:校园小说热、冒险小说热等一波接一波的儿童文学热中,杨鹏的"热",始终属于杨鹏自己,罕见仿作者。杨鹏的作品,已经以特立独行的姿态和个性化的、理想化的文学观,成为一个现象级的追踪对象。对这个问题的充分言说,也许需要我们在当下的文学评论话语系统之外,找到一个更恰当的阐释系统,也有待进一步拉开时间的距离,经历历时性的检验,以获得更大的佐证。相信历经时间淘洗,有个性、有创新、品质好、广受大众喜爱的类型化儿童文学作品也会确立其"经典"的地位。

评吴岩新作《中国轨道号》

姚海军

　　早在二十几年前，我就知道吴岩准备创作一部与中国航天以及自己小时候大院生活有关的科幻小说，我还记得它有一个颇具气势、又吊人胃口的名字——《中国轨道》。那时候，吴岩已经是一位成功的科幻作家，他那感伤中透着乐观精神的《窗口》以及情节惊心动魄的《生死第六天》都让人印象深刻。

　　吴岩16岁进入科幻领域，后又成为我国第一位科幻博士生导师。他是一个有条件做出很多选择的人。仅就科幻创作而言，他可以在科幻现实主义与科幻浪漫主义间从容切换。只可惜他近年忙于教学与研究，鲜少再有新作发表。我一直期待着他回归创作，并记挂着那部酝酿已久的长篇。

　　因此，在2021年春节来临之际收到《中国轨道号》，我感到特别开心。阅读这部期待已久的作品，犹如故友重逢。尽管如作者所言，它已经是一部全新的作品，但我仍然将其中的诸多改变，视为世事变迁对"故友"的影响。毕竟，当下的科幻文学呈现出的面貌，乃至国家在经济、科技等领域的发展状况，已与二十几年前大不相同。这种巨变迅疾又潜移默化，我们每个人都难以再重返过去，正如赫拉克利特所说，人无法两次踏进同一条河流。

　　《中国轨道》要讲的是中国航天人在条件不具备情况下的飞天梦，精神气质与刘慈欣的《中国太阳》相近;而《中国轨道号》实际讲的是,一个少年所见证的中国航天人攻克一道道技术难关的曲折历程。从《中国轨道》到《中国轨道号》的最大改变,是虚实的转换。原本那宏大的航天史诗从前景变成了背景;而小说中的人物则从概念符号变为真实可感的存在。这虚实转换之间,小说也便有了生命的气息。

《中国轨道号》是少有的让我一口气读完的小说。以小主人公为核心的几组人物的命运和"中国轨道号"那壮阔的梦想一直牵引着我。在20世纪70年代那特殊背景下,还有哪些人比科学家和他们的孩子的命运更令人牵挂? 还有什么会比一个似乎只能存在于梦想之中的亮丽未来更让人期待?

作为一部儿童文学作品,《中国轨道号》的成功首先就在于人物的塑造。小说的核心人物"我",是一个小学三年级的男孩,年龄虽小,却将二年级的妹妹视为"小屁孩"。"我"学习成绩优异,对科学怀有强烈的好奇心。作者重点对"我"在性格与心理上的矛盾性进行了深入发掘(心理学属于吴岩的专业领域),让读者通过"我"在一些问题上的取舍与选择,感受"我"身上既勇敢又有些怯懦的矛盾心态、既争强好胜又为他人着想的真诚与善良。在与好友王选争夺"火星探险夏令营"唯一一个名额、与忘年交老汪一起守望星空等一系列事件中,"我"经历了成长的苦与乐、失与得。当小主人公感叹"只有当我们的心从遥远的太空回到地球时,我才发现人和人之间的关系原来可以这么近!"时,读者也不禁为之动容。这不仅是一个少年的感悟,也是我们成年人经历人生风雨后最为重要的再发现。

除了主人公,《中国轨道号》中另外几个重点人物的塑造也很成功,同样争强好胜却内心脆弱的王选、刚毅执着心怀梦想的周翔,还有率直又心高气傲的老汪,都给人留下深刻印象。就连着墨甚少的"爸爸",其在工作上是非分明、在子女教育上简单直接的军人形象也跃然纸上。

此外,《中国轨道号》在结构上也颇为精巧,它的故事时间不足一年,在叙事上却没有平铺直叙,而是采用了片段串联的方式。小说中的"水系""舱门""飞鐢""飘灯"四个章节是主人公在这大半年中经历的四个人生片段,每一个片段既有前后承接,所涉人物又构成了一个个相对独立的系统。这大大提高了叙事节奏,也为作者留下相当自由的发挥空间,有效强化了人物的情感纵深和故事的可读性。

《中国轨道号》不仅仅是一部优秀的儿童文学作品,也是一部优秀的科幻文学作品。

从科幻小说的角度看,《中国轨道号》不仅是对已然逝去的童年的一次深情回望,更是作者对自己所经历的 20 世纪 80 年代科幻"黄金时代"的一份独特纪念。小说秉承并发展了郑文光、童恩正所开辟的科幻传统,注重关照人物的内心世界,充分发掘人物对故事发展的内在驱动力,并将科幻与冒险小说有机融为一体,用童真在两个时代之间架起了一座可以情感互动的桥梁。

作为科幻小说,《中国轨道号》自然少不了科幻创意,书中不仅有梦幻般存在的"中国轨道号"飞船,还有溶液计算机、生物计算机、脑声波皮层通话器、代偿性大脑修复术等前沿或幻想中的技术,这些具有新奇感的幻想让小说充满了未来的光彩,也增加了老汪和冬冬这两个典型人物命运的传奇性。在老汪身上我们能看到传统科幻作品中那种科学家的影子,而冬冬则让我想到了查理·戈登(美国作家丹尼尔·凯斯科幻名著《献给阿尔吉侬的花束》中的主人公),并隐约看到了这个少年智力飞升的无限未来。

同为科幻小说,儿童科幻小说与成人科幻小说却有着诸多不同,其中最为突出的一点,便体现在对科幻创意的追求上。成人科幻小说,特别是王晋康、刘慈欣这类核心科幻作家,对新奇的科幻创意有着近乎执拗的追求。刘慈欣甚至因为得知某个科幻创意已经为世人所知,甘愿放弃自己创作近半的新作。这对儿童科幻作家来说,是难以想象的。新奇的科幻创意背后往往牵涉深奥复杂的科学理论,科幻迷对此甘之如饴,而小读者却难解其味。也因此,儿童科幻小说基本不追求科幻创意的新奇,而是将重点放在对已经大众化、常识化的科幻概念的童趣化再发掘上,诸如宇航飞船、机器人、时空穿越等。

吴岩在《中国轨道号》中试图取得一个平衡。作为一位儿童科幻作家,他给了读者一个倍加期待的,同时也是毫无接受障碍的"中国轨道号";作为一位成人科幻作家和近年试图从脑科学切入,研究人类想象力奥秘的科幻学者,他又为读者展现了脑声波皮层通话器、代偿性大脑修复术等一系列新奇的科幻概念。加之故事所发生的特殊的时空背景,成人读者应该会给予这部作品积极的回馈。可对少儿科幻读者,这也意味着一定的冒险性。但很多时候我也在想,只为儿童读者提供他们所能接受的科学幻想,真的就是科幻作家的使命吗? 这显然是一个值得探讨的问题。

当然,不管儿童科幻小说与成人科幻小说有多少不同,其精神根脉却是高度一致的,那就是对文明、对科学和对宇宙的向往。科幻小说的意义也正如《中国轨道号》一书的结束句:"我们的周围,漫天飞舞的除了大雪,还有我们成功点燃的、通向另一个宇宙的光亮。"

时间旅行的东西之辨

——漫谈《小灵通漫游未来》

韩 松

读中学时第一次接触《小灵通漫游未来》,大概是 20 世纪 70 年代末或 80 年代初,我立即被它迷住——不仅喜欢上了活泼的主人公小灵通,还爱上了未来市的孩子小虎子和小燕,当然更迷那些奇妙的未来科技发明。

《小灵通漫游未来》迄今为止仍然是中国发行量最大的科幻小说,当时印了 150 万册,改编的连环画又印了 150 万册,加起来有 300 万册。

憧憬美好未来

《小灵通漫游未来》是叶永烈先生 1961 年写的,他投稿至少年儿童出版社(上海),不料遭退稿,直至 1978 年才得以出版,随即引起轰动。

2000 年 2 月,叶永烈在接受中央电视台《东方时空》节目采访时说,中国人民在三个历史时期尤其关心未来:一是 1949 年中华人民共和国成立时,人们关心未来会怎样;二是中共十一届三中全会召开以后,人们想知道中国在实现四个现代化之后会是什么样;三是世纪之交,人们都在畅想新千年将是怎样的图景。

《小灵通漫游未来》的出版恰逢第二个时期。1978 年,全国科学大会与中共十一届三中全会相继召开,科学的春天到来,中国重新着眼经济建设,向现代化进军,科幻小说创作随即蔚然成风。关于《小灵通漫游未来》1961 年遭到退稿的原因,叶永烈认为:"因为当时正处于三年困难时期,这样描述未来灿烂前景的小说与艰难困苦的现实格格不入。"

《小灵通漫游未来》写的是生活于 20 世纪 60 年代的报社小记者小灵通应读者要求探访未来市的故事。据书中描述,未来市可能存在于 21 世纪中期。小灵通乘一艘奇异的船进入未来,受到一家人的款待,在那里接触到许多奇特的科技发明。叶永烈先生笔下的未来社会,处处体现出令人憧憬的美好。

一是光明灿烂,幸福和谐。未来市是一个大同社会、理想社会,至少已全面实现小康社会的目标。这里经济发达,物产丰裕,科技昌盛,人际和谐。书中没有谈到任何可能发生在未来的负面问题,比如我们今天面临的生态环境问题、资源能源问题、贫富差距问题等。或许这一切在未来市都已得到解决,抑或就是这些问题虽然存在却都是年幼的小灵通尚不能理解的,故未曾记述。在回答央视主持人白岩松"你本人是否对未来充满信心"的提问时,叶永烈给出了肯定的答复:"当然非常有信心。如果不是对未来充满信心的人,就不会写出那样的科幻小说。"

二是物质成就巨大。这是《小灵通漫游未来》最核心的部分,也是最吸引人的部分。未来市在解决人类物资供应方面的创造发明贯串故事始终,包括原子能气垫船、水翼艇、电子表、水滴型飘行车、机器人服务员、人造器官、塑料钢、遗传工程食品、去污油、环幕电影、太阳能照明、新式学校、写话机、原子能喷气飞机、人工控制天气、人造粮食工厂等。其中,关于吃的描写占据了较大篇幅,其余则集中在住和行等方面。这些物质成就几乎都是工程技术方面的,甚少涉及基础科学的突破。可见,未来市基本是由工程师进行治理。

三是不直接对社会模型进行描写,却从侧面给出暗示。小说中能反映未来市社会生活的要素,主要体现于接待小灵通的家庭。这是一个和谐的四口之家,父母和一儿一女两个孩子,婚恋、代沟等社会焦点问题均未涉及,只有一些对教育的描写,比如未来市的居民普遍大学毕业,并且都有双重职业。而在这一切的背后,还是能看到一个隐匿的社会模型——一个强大、统一、可控的国家。一切都处于权威机构的高效率管理之下,社会以国家力量为主导。譬如,从"中国第88汽车厂"这样的概念可以看出,它是一家国企,而且此类国企为数极多,仅汽车厂就至少有88家。其他的像人造粮食工厂、农场等也同为国企格局,这似乎是未来国家成功的重要保障。

《小灵通漫游未来》出版之后,中国的发展历程几乎与书中的描述不谋而合。2008年经济危机后,西方的发展模式开始广泛遭到质疑,而中国经济则保持稳定增长,成长为世界第二大经济体,引发对中国模式的世界性关注,小灵通游历的那个令人引以为豪的时代好像真的到来了。这既科幻又非科幻,足见《小灵通漫游未来》的强大预见力。

一些西方学者如今甚或已经开始通过中国科幻研究中国的未来。澳大利亚塔斯马尼亚大学亚洲文化与语言学院副院长马克·哈力森即表示,要研究中国的未来,就要读读中国的科幻小说。

《小灵通漫游未来》中描写的很多科技成就,至今仍未完全实现,如著名的飘行车、机器人等。至于后来续作《小灵通再游未来》和《小灵通三游未来》中描写的科技成果,就离我们更加遥远了。由此,我们大致可以推断,未来市成为现实的时间约在21世纪中叶中国基本建成社会主义现代化以后。也就是说,这部写于1961年的作品历经半个世纪仍未过时,在当下读来依旧不失未来感,充满生命力。

小说还给出了中国在21世纪实现民族复兴的思路,即通过科技创新满足人民不断增长的物质需求,这一点也与当下将解决民生问题作为一切工作的出发点和落脚点高度契合。可以说,《小灵通漫游未来》成功地预言了一条中国的强国之路。《小灵通漫游未来》出版后,获得众多青少年读者的青睐。叶永烈先生回忆,1979年国际儿童节当天,四川少年儿童出版社在书店售书,短短半天时间,这本书就售出五千册之多。而这批深受《小灵通漫游未来》影响的青少年,正是其后二三十年中国建设的中流砥柱,很可能他们就是在潜移默化中按照未来市的图景来规划属于他们自己的人生。

忌惮糟糕末世

《小灵通漫游未来》可被归类为时间旅行题材。这是从西方舶来的一种科幻类型,可追溯至赫伯特·乔治·威尔斯发表于 1895 年的《时间机器》。这两部作品篇幅相近,《时间机器》译成中文是 8.5 万字,《小灵通漫游未来》则是 7 万字。

《时间机器》写的是一位科学家通过时间旅行的机器到达未来的故事,主人公以第一人称讲述。与《小灵通漫游未来》描绘的一百年左右的近未来不同,旅行者去到了几十万年甚至数千万年之后的远未来。

整个故事的基调荒凉而混乱,展示了一个黑暗惨淡的可怕未来,城市毁灭、文明倒退、人类衰落,在三千多万年后,地球上的所有生命都已灭绝,末日来临,世界回到洪荒时代。威尔斯最后写到,除了没有生命的声音如海潮声,世界一片寂静。所有的人语、羊叫声、鸟啼、虫鸣声,一切构成我们生活背景的骚动全都结束了。

对物质文明持反对和悲观态度,威尔斯并不看好科学技术发展的前景,认为人类有限的小聪明无法与大自然的力量抗衡,进化论终会自我否定,一切都将陷入失控,使整个世界归于混沌。在宇宙面前,人类是无力的。这是一幅熵增的图景。威尔斯在进化与进步之间画了不等号。

威尔斯在《时间机器》中描写了生活在公元 802701 年的两种人类后裔。一种是埃洛伊人,是生活在地面上的人,体态娇小柔弱,衣着华丽,不思劳动,过度追求安逸的生活,智力、体能都发生了退化。另一类叫莫洛克人,是生活在地下的人类,外形像白色的猴子,眼睛灰红色,头发浅黄;习惯于黑暗,怕光怕火,只有在夜间才到地面上活动。他们在地下为埃洛伊人生产各种物品,但是他们自己的食物却是埃洛伊人。这种构思体现出威尔斯对西方阶级分化的担忧——无产阶级到了地下,资产阶级退化,成为无产阶级圈养的食物。

《时间机器》出版于 1895 年的英国,产业革命业已完成,达尔文进化论开始显现威力,新发明层出不穷,生产力得到巨大解放,资产阶级积极开辟世界市场。而此时的中国却相对地沦落为半殖民地半封建社会。与此同时,西方知识分子开始对社会进行更加猛烈的批判,斯宾格勒的《西方的没落》、波德莱尔的《恶之花》即问世于此际,后来又有了《美丽新世界》等反乌托邦小说。威尔斯的《时间机器》同样被视作反乌托邦的开山鼻祖。与凡尔纳不同,威尔斯侧重强调科幻社会性的一面,他的努力进一步拓展了科幻小说的魅力。

然而对于中国读者来说,对未来社会过多的颠覆性描写仍是难以承受的,他们似乎并不愿意设想人类的衰落和世界末日,以致在 20 世纪五六十年代直至改革开放后的一段时间,类似倾向的小说鲜少出现,像叶永烈先生创作的《腐蚀》《巴金的梦》等社会现实题材的科幻作品实属凤毛麟角。

叶永烈和威尔斯都是接受过正规自然科学训练的作家。但从科学内核上看,《时间机器》侧重探讨的是很基本的物理问题。威尔斯对时间机器的原理进行了详细阐述,提出了四维几何,其时爱因斯坦的相对论尚未问世。而叶永烈则在书中对到达未来市的技术以模糊化处理,小灵通去时坐船,回来时坐火箭,搭乘的都是工业时代的传统交通工具,至于如何穿越时间,原理为何,书中并未涉及。

这一点与《小灵通漫游未来》中主要侧重对实用型技术进行描写也是一致的。

中国科学院与中国工程院每年都要评出年度十大科技新闻,与国外如《科学》等的评选结果相对比发现,中国的评选结果基本上都是工程技术方面的突破,或曰"器"的层面上的进步,而西方则更注重"道",即基础科学方面的突破,强调对自然根本法则的认识。

阿西莫夫曾把美国科幻小说的发展划分成三个时期——冒险时期、技术时期和社会学时期。当下美国优秀的科幻作品可归属于社会学时期,它们注重描绘随着新科技的出现而发展变化的未来社会形态,而非技术本身。此前苏联的小说则长久地停留在技术时期,依旧侧重描述技术本身。

而今,享受着更丰裕物质生活的新一代中国科幻作者正在崛起,在他们的笔下,未来变得灰暗,但相应地,也更多地具备了社会学的意义,其中尤具代表性者如陈楸帆的《荒潮》等。

如果把《小灵通四游未来》的接力棒交到中国的 80 后乃至 90 后作家手中,他们会刻画出怎样的一个未来呢?

青春作赋，妙解玄思

——漫谈《王晋康少儿科幻系列》

杨辰宇

2018 年 1 月由中国科普作家协会资助，科学普及出版社出版的《王晋康少儿科幻系列》正式推出。作者王晋康是我国著名的科幻作家，被誉为"中国科幻的思想者"，从开始从事科幻文学创作工作至今，一直笔耕不辍，多次获得全国科幻奖项，累计出版近 600 万字。其作品大多构思精巧，观点独到，情节跌宕起伏又饱含哲理，先后被译成多种语言，享誉海外。《王晋康少儿科幻系列》集结其优秀作品：《寻找中国龙》《追 K》《生命之歌》《可爱的机器犬》《天火》《义犬》《失去的瑰宝》《哥本哈根解释》《秘密投票》《我们向何处去》《月球进行曲之前奏》《泡泡》《灵童》《太空清道夫》《新安魂曲》《步云履》等 16 个故事，前三篇以单行本形式，其他收入《可爱的机器犬》《泡泡》《步云履》等合集，结为 6 册出版，凭借其丰富的阅历、敏锐的目光、精巧的构思与锋利的思想，为青少年读者提供了一场科幻与人文精彩契合的盛宴。

眼光敏锐，以平常见珍奇

《王晋康少儿科幻系列》中的故事题材多取自科技前沿，令人惊喜而脑洞大开。关于灵感来源，王晋康曾谦虚地说："就是从一些公开性的报道中，从一些比较平常的科技报道中，提取值得思考的闪光点。"这些看似不经心的留意,恰恰体现了作者目光的敏锐和善于对灵感的捕捉。如《生命之歌》描写了解锁生命密码的音乐,孔昭仁教授研发的人工智能元元能够弹奏出"生命之歌"复制基因,繁衍机器人后代。对于故事灵感,作者曾坦言来自两处:一是国外的一篇文章,说生物是有生存欲望的,这种生存欲望存在于 DNA 的次级序列中;二是基因音乐。基因音乐一度被炒得很热,基因有几个代码,正好可以与 1234567 互相代换,从大肠杆菌到人类的各种生物基因,都可以用这 7 种音符做代换。结合这两个灵感,作者创作出了《生命之歌》,将伟大神秘的基因工程借生动可感的乐曲诠释出来,让人看到身边貌似寻常的事物,或许就隐藏着探秘未来的金钥,充满启发意味。

王晋康的科技敏感,不仅着眼于理论前沿,还落实在现实问题的解决层面。

即使是"少儿系列",作者依旧秉持敏锐的眼光与锋利的思想见解。《可爱的机器犬》中,主人公张冲代理机器犬的销售业务。与自然的牧羊犬相比,机器犬只需调试程序,一切牧羊和守卫的任务便自动完成,无须喂养和担心生病,解决了自然犬在生理上的局限问题,使牧民们得力又省心,让人看到未来畜牧业管理智能化的新希望。与一味展示炫彩的科技不同,作者通过对现实生活的细致观察,在人机互动概念发展得"乱花渐欲"之时,妙反其道,理性地从人们的实际需求开掘灵感,并在供求中精准定位,体现出卓越的眼光与独立的思考。文末对机器犬保有的隐患伏笔,一方面为读者留下充分的遐想空间,另一方面恰是作者面对先进科技保有的冷静立场和沉稳态度的文字体现。

思虑周全,以情境见精巧

这一系列中的故事主题各异,代入感强,这与作者在角色命名、语言特点、性格塑造、情节推进等方面的精巧设计密切相关。《寻找中国龙》的故事发生在丹江水库附近的小乡镇,龙崽、黑蛋、英子、刘二奶、陈老三等人物的命名,简单而质朴,极具乡土情怀,符合发生地的人物的身份与习俗,这一点与《义犬》中卓太白、卞士其、卞天石等人物的命名比较更易凸显,前者是一幅田园生活的风俗画卷,后者是高科技融汇、管理森严的航天基地,可以想象,若二者命名对调,将出现何种戏剧性。作者这种由内而外的细致,使这系列故事讲述得更"真实",更可信,更具感染力。

在语言特点上,作者精心打磨,力求对不同背景下的地域特点、人物特点均有展现。《寻找中国龙》中的爹"是个丘八脾气,凡事浑胆大""个把羊娃的损失算不了什么",其语言描写体现出浓郁的地域性。对比《生命之歌》孔昭仁与女婿朴重哲满满的学术语言对话,即使家中非专业人士的母亲,一开口也是:"生物形体的遗传是由 DNA 决定的。像腺嘌呤、鸟嘌呤、胸腺嘧啶、胞嘧啶与各种氨基酸的转化关系啦,红白豌豆花的交叉遗传啦,这些都好理解……"这些读起来都略感拗口的术语,在这位母亲那儿却还是"好理解"且张口就来,可见其高级知识分子的身份和整个家庭浓厚的书香氛围。对话风格的不同,形成了截然不同的语境,让人仿如跟着人物在不同环境中穿梭,而这些竟都出自同一人,可见作者熟练的语言驾驭能力。

在人物性格上,作者也不乏精巧设计,使每一位角色个性鲜明,跃然纸上。《寻找中国龙》中三个小伙伴在等待神龙时,英子问伙伴:"饿不饿,今天能否见到神龙?"黑蛋抢先说:"这种事哪能打保票?也许得等一个月才能见到。龙崽,三五天见不到,你可不能判我输。"龙崽说:"咦,昨天你不是说神龙每天都来享用贡品?心虚了吧,你是不是开始为自己的失败埋伏笔?"不仅对话与前后形成呼应,更将人物性格一笔凸显。英子作为女孩的细致,黑蛋的性急与倔强,龙崽的智慧与机警,以及三人身上共有的青少年的顽皮,让一幅"生趣盎然"的月下伏守图映入眼帘。

王晋康的叙事中还充满丰富的动作描写与心理摹画,情节上时而舒缓,时而紧张,极具情境性和代入感。如对"中国龙"的动作描述:"有时是蛇形,有时是足行,这儿嗅嗅,那儿舔舔,有时还用脑袋在墙上或功德箱上轻轻撞击着,像一个精力旺盛的孩子。"摹画生动,比喻恰切,仿佛让人亲临现场。再如对幼龙发现主人公时的描绘:"少顷,一个大脑袋从门缝伸出来,与我们劈面相对!我们屏住呼吸,一动不动,心中期盼龙崽看不见静止的东西。""它把脑袋凑近黑蛋,在此伸出长长的舌头。我觉得黑蛋已经精神崩溃了,我想他这会儿没有尖叫着逃跑,只是没了逃跑的力气。"这一系列精彩的描写和对故事节奏恰到好处的把握,吸引读者迅速入境,体现了作者构思的细腻。

心系赤土,以情怀见哲思

王晋康的作品既有国际视野,又注重对中国特色的传承。《步云履》凸显了惩恶扬善、锄强扶弱的中国武侠精神与现代高新技术的碰撞。《寻找中国龙》结合了当下活跃的基因工程与中国的古老传说,以及作者的一片情怀,正如主人公(龙崽)所说:"龙,伴随着华夏民族走了近万年的历史之路,也伴着我长大,我熟悉它就像是熟悉我的家人。"王晋康正是将我们最熟悉的身边事物,融入他的科幻,用他敏锐的眼光,将其与现世的先进科技结合。借文中角色的自白:"中国人常被称作龙的传人。龙的传说反映了一个事实,那就是汉民族在蒙昧时期就有海纳百川的气概,龙图腾是各种动物图腾的集大成者。"这洋溢出一位华夏子孙的满满自豪,凸显出五千年中华文化的包容与厚重,以科幻故事作桥,出色地实现了中国特色与世界先进科技的对接。

王晋康的作品关注自然、关注社会,蕴含着深切的哲学思考与人文关怀。人文关怀即着重于人的生存与发展,是对人的生存状况的关怀、对人的尊严与符合人性的生活条件的肯定,是对人类的解放与自由的追求。这在王晋康的此系列书中是抹亮色,加深了系列图书的思想深度。如《天火》中的林天声,摈弃世俗的眼光,对"物质无限可分"理论的执着追求,是对人的尊严的肯定与思想解放的呼吁。《新安魂曲》中的周涵宇,同样不顾周围人的嘲讽完成"环宇航行"的理论实践,以实际行动证明了自身的价值。关心人、爱护人、尊重人,是社会文明进步的标志,是人类自觉意识提高的反映。《我们向何处去》表达出作者对人类生存环境的担忧,当工厂污染破坏了人们赖以生存的自然环境,人类又将于何处立足?作者对自然平衡的关注,实则仍是对人类生存处境的关心。《太空清道夫》则上升到太空环境的治理与保护,在更高层面展现对人类未来生存发展环境的关注。

在社会问题层面,作者同样展现出对人的关注,《寻找中国龙》中一句"村里人穷啊,我们离 21 世纪高科技社会还远着呢"的感慨,道出了农村发展滞后的现实与城乡差距的存在。在和谐共存方面,《泡泡》借异时空穿越实验的成功鼓励世界各国放下成见和恩怨,联合起来共同探索未知世界。《义犬》同样鼓励同中存异,主张对不同文化的包容,引导人们营造人性健全发展的社会环境。这些关切、思索与感悟,尤其对人的心灵、精神和情感的关注,让《王晋康少儿科幻系列》不只是普及科学,更是充满了含情脉脉的人性温度。

王晋康被誉为"中国科幻界的思想者",哲理性与思辨性是其作品的创作特色之一,这在该系列图书中也多有体现。《秘密投票》讲述一个关乎地球命运的投票活动。什么人有资格参与投票? 一小撮人是否有权力决定人类共同的命运? 这种打破常规的"少数人决定多数人"的命运抉择,正是作者哲理性思考过人之处的展现,哲理性要求对具体形象的超越,在诉诸人们直觉、情感的同时,还诉诸人们的悟性,启发人思考。当民主与科学在发展中碰撞,孰重与孰轻正是作者有意引发的思考,借助故事,让读者在心中做出自己的判断。哲理性还体现在对形象的依附性,《太空清道夫》中服务于太空环卫事业的老人,其实正是无私奉献精神的化身,启迪人们"奉献无国界""无贵贱"的道理。《可爱的中国龙》《新安魂曲》中的两位科学家,均出生于偏僻乡村,却能做出一番改变世界的科技伟业,传递出"只问追求,不问出身"的科学精神。

在高新科技面前,虽然报以坚实的信仰与饱满的热情,但在真正审视时,作者仍会保有一段距离。王晋康曾说,自己是"站在科学殿堂之外的围墙上看科学",科学的理性与辩证的眼光是《王晋康少儿科幻系列》卓尔不群的又一特征。《生命之歌》中,作者用美妙的音乐解密神奇的基因密码,让人工智能与自然人类结成家人般的关系纽带,传递出作者对于科学事业的歌颂与热衷,但文末那悲怆的一枪仿如将沉睡在美梦之中的人惊醒,这是作者在当下如火如荼进行的科技事业面前,展现出的宝贵理性与思辨眼光。同样在《可爱的机器犬》中,用"可爱"形容机器犬本身已喻示人工智能造物的受人欢迎、惹人喜爱,但技术漏洞的隐患被作者犀利指出,让人清晰明了地看到科技是把双刃剑。

综合来看《王晋康少儿科幻系列》,有以下几处亮点:首先,能够针对受众对象的年龄段特点,在既有普范的科幻题材内,巧妙选取合适的角色或切入点,既易引起读者的共鸣,又能潜移默化地扩大阅读视野,激发想象力。如同是选取科幻小说中的常见题材"宇宙探险",《新安魂曲》利用了少年儿童对遨游太空的无限遐想,成功引起其阅读兴趣。当中嵌入"爱因斯坦'宇宙超圆体假说'",从设想到实现,既丰富了读者的智识,又鼓舞其"实践出真知"的作风,以讲故事的形式,将科学的震撼力展现无余,真正达到了寓教于乐、润物无声的效果。

其次,在为青少年打造科幻的同时,本系列图书处处闪现着作者的思想深度,对于历史与时代的深切反思,对于生命本质的深度思考,对于社会伦理的终极追问,乃至人与自然的博弈竞逐、和谐共处,睿智而深邃,令人折服。系列作品中的《天火》,凝聚了王晋康个人的丰富情感以及对某些荒谬社会现实的批判。《生命之歌》中,面对具有生存欲望的机器人以及可能被取代的现实,作为自然人的"旧人类"如何自处,孔哲云在"撕心裂肺的痛苦中"做出的艰难抉择,展现出作者对生命进化、生命本质的理性思索。《寻找中国龙》中,利用生物医学将人类基因植入龙体,使之学会思考并习用语言,是否触犯了人类社会伦理的基本底线?《我们向何处去》中,当人类破坏了自然,自然反过来吞噬掉人类的文明,故事的结局是否为人类与自然的相处关系敲响了一记警钟。一个个故事,一枚枚问号,展现出作者思想的深邃与博大,好像无数颗石子,投入小读者们的心湖,引起无尽的思想回荡。

最后,王晋康出色的叙事技巧、曲折的故事结构、高明的悬念设置与形象的人物刻画,也是该系列丛书能够走进青少年心里,满足其需求,引起其共鸣的一大保证。从小处看,人物命名的精心设计、语言特点的细心提炼、人物性格的深刻摹画,每一处都能看到作者的耐心打磨与精益求精。从大处看,每一篇故事的前文铺垫、后续衔接,线索的穿插与悬念的埋伏,均有新意,或首尾呼应,或倒叙深入,或欲扬先抑,或波澜起伏,令读者紧跟作者脚步,终有"草蛇灰线,伏脉千里"的惊叹。更难得的是,王晋康能够将自己的创作深植于中华文化的千年之根,引领青少年在阅读作品的同时,树立起自信、自觉与自强的民族文化精神,用行动践行新时代中华文化的传承使命。

作家叶永烈曾评价:"王晋康是一位勤奋的科幻作家,他的作品富有创新精神和东方风格,有着深刻的思想内涵,为中国科幻宝库增添了可贵的一页。"

用爱守望星空

——评王林柏《买星星的人》

郭　聪

　　《买星星的人》是一部既有现实温度又充盈着神秘科幻色彩的优秀儿童文学作品,作品的叙事手法多元,语言幽默而流畅,立意十分丰富。

　　对于擅长写童话、科幻题材类型作品的作者王林柏而言,《买星星的人》这部小说在保持他长于想象、趣味的写作特色之外,又注入了丰富的生活细节和对现实、生命的思考,既拓宽了他创作的深度与广度,也让我们用纯真的心感受到一部情感充沛、想象宏阔的儿童文学的力量和重量。

　　首先,作品构思新颖,用两条叙事线延展出现实生活和宇宙科幻两层时空叙事空间,在"科幻"的外壳之下,包裹着无比珍贵的"现实"内核,渗透着纯真、诗意与斑斓的立意之美、幻想之美。

　　作品的明线是想要"买星星的人"雷格要为自己身患重病的女儿买下一个星球,并以她的名字"莉莉娅"命名,因此他来到地球收集签名,以获得所有权。无意之中,他来到了大姐四月、二姐七月、小妹九月这三个女孩的家中。在雷格到地球收集签名的日子里,生发出他和女孩们相处过程中有趣而温暖的生活故事,诸如在晚上 9 点准时开始的睡前故事,在白天雷格和七月、九月到废品站"寻宝"等让作品充满浓浓的温情。而小说的暗线则是令人出乎意料的科幻事件——雷格、勇士丁吉、末日老人得知即将有彗星撞击地球,导致地球毁灭。在这条暗线上作者融入爱与守护的主题,他们毅然放弃自己的目标、放弃自己的安逸,决心用自己的生命去守护地球上的生命。如此,作品顿时与宇宙生命相连,让我们去思考生命的本色,思考存在的意义。至此,整部作品的深意也得到了升华。

其次,作品的叙事手法高超,用简练而幽默的现代叙事手段,通过第三人称多声部对话以及多重视角的聚焦,将主人公的性格特征和心理变化精准地传递,细腻而深入地塑造了鲜活的人物形象,丰富成长内涵。

《买星星的人》采用第三人称视角聚焦人物,并用儿童好读、易懂的对话体、日记等灵活的形式精准地展现人物性格特征和心理变化。16岁的四月、11岁的七月和6岁的九月分别处于青年、少年和幼儿成长期的三个阶段,加上三个女孩成长环境很特殊,所以大姐独立、敏感多思,二姐叛逆、古灵精怪,小妹可爱、天真无邪,但她们都保持着孩子的天性:善良与纯真。比如,作品中对四月的心事、七月的秘密和九月的不舍等情绪的表达和处理上分寸感把握得很好。对于大姐,她和雷格的对话很少,但通过风雨之夜雷格接她回家,大姐增进了和雷格之间的感情,从此这两个人的对话增多。七月是主意最多的"小大人"形象,所以她和雷格的对话一方面是通过小妹的模仿,一方面是通过雷格的"笔记本"传递。而小妹则和雷格的接触最多,有雷格在的场景小妹基本都在,并且她表达喜欢雷格的方式也很直接。作者多角度的聚焦,充分尊重每个人物在不同情况、不同环境下的特点,大大提升了作品的灵动性。

此外,整部作品欢快的成长情景中夹杂着淡淡的忧伤,让小说在轻灵的儿童性中结合了深沉的悲剧色彩。

在蔚蓝色的星空宇宙封面背景中,在作品晶莹斑斓、明朗欢快的生活细节背后,又有着淡淡的忧伤和崇高的悲剧底色。三个女孩教雷格使用电饭锅、洗衣机,帮助雷格收集签名,一起出去捉迷藏等有趣、动人的细节,让作品充满着童真、童趣。然而,对于女孩们来说,星空是遥远的,一旦雷格回到自己的星球,就意味着和来福爷爷一样永久地分离。对于雷格而言,心爱的女儿已经无法挽救,三个可爱的女孩更是难以割舍。一切美好或许是暂时的,哪怕是我们强大的地球,在宇宙中也可能只是一瞬,所以,更提醒我们把握和珍惜现在,用爱去陪伴、守护身边的人和事,这才是作品真正的深刻和意义所在。

读罢作品之后,从此,在夜阑人静的夜晚,当我们再次仰望星空的时候,相信还会想起这个呆板、温柔又有点好笑的"买星星的人"雷格和三个可爱、善良的女孩四月、七月、九月。他们在用爱守护着这个世界,用生命书写着美好,当然,我们也用爱陪伴着他们。在阅读中你会发现,星空好美,生命好美!

(原载 2020 年 5 月 15 日《文艺报》)

好玩、好看的《超侠小特工》

张懿红

　　超侠又出新书了！在中国作家协会从事网络与媒体工作的超侠，业余时间笔耕不辍，已创作《少年冒险侠系列》《深海惊魂》《使命召唤：狙击手们的战争》《小福尔摩斯》《高手》《皇城相府》等科幻、奇幻、冒险、悬疑、童话等青少年幻想类文学作品，总字数超千万，发行过百万，多次荣获全球华语科幻星云奖。新作《超侠小特工》系列，延续"少年冒险侠"系列悬疑、冒险故事的写法，讲述古灵精怪的小特工奇奇怪和王牌美少女小特工龙玲珑搭档，与世界神秘案件调查局的队友们合作，破解一起又一起与世界未解之谜相关的怪案。超侠惊心动魄又充满幽默童趣的新作，刷新了多年来人们对金字塔与木乃伊、亚特兰蒂斯、百慕大三角、麦田怪圈等世界未解之谜的想象，诚如刘慈欣写在书后的推荐语："为广大青少年读者开启了一扇'脑洞'的大门"。

　　超侠作品的读者定位主要是青少年。考虑到影像文化熏陶起来的新一代青少年读者不同于20世纪八九十年代的少儿科幻读者，超侠的作品更加注重画面感、惊悚感、节奏感。在接受中国科协《中国科幻创作者状况调查研究》项目的采访（该项目由科学普及出版社承担，本文引用超侠的观点均出自该访谈）时他说："我觉得当下的作品不是要和同代人竞争，而是要和游戏、电影竞争，要使故事比游戏好玩，比电影好看，只有这样才能吸引更多的读者。""纸上的电影"，这是超侠小说创作的审美诉求。《超侠小特工》的看点,正是超侠小说向游戏、电影致敬而获得的美学特质。

这种美学特质,或者说艺术特色,体现为超侠小说的游戏性和电影化,旨在激发青少年读者的阅读兴趣。

首先,是人物角色设定的类型化和正邪对立的人物关系设置。《超侠小特工》开头就是主要人物介绍,每个人物都个性特征明显,拥有不同的技能,擅长使用不同的独特武器,他们默契配合、协同作战就会发挥极大的威力。随着情节展开,超侠用更多生动的细节来充实人物性格,使其更为鲜明。奇奇怪的乖张调皮,龙玲珑的冷傲干练,N 博士的少年老成,邪帝魔狂的不可一世,都被他们独特的言谈举止刻画得栩栩如生;而奇奇怪、龙玲珑、N 博士和液人王、邪帝魔狂之间的正邪对立贯串始终,构成了小说的主要情节。与此相关,还有两个方面也体现了《超侠小特工》游戏性和电影化的特点。一是 N 博士发明的那些又萌又强的超级特工武器、特工战甲,让人油然想起游戏中独特的武器道具系统;二是超侠创造了很多哥斯拉式的大型怪物,比如水银怪兽、金字塔巨型石人、鱼斯拉、魔鬼肌肉巨人、海中巨掌、霸王龙、应龙等,还有惊悚小说和影视中大家熟知的木乃伊、吸血鬼、狼人等恐怖形象,这些都很容易唤起《哥斯拉》《侏罗纪公园》《木乃伊》《吸血鬼日记》《少狼》等相关影视形象的联想。

其次,是悬念迭起、惊险刺激又不乏幽默搞笑的故事情节和极具画面感的打斗场面描写。奇奇怪被邪帝魔狂下套,稀里糊涂踏入世界神秘案件调查局的特工基地,被收编为少年组特工,就此开始了一路打怪斗邪、解开谜题、完成任务的冒险生涯。而且,在险象环生精彩纷呈的冒险之旅中,装备、武功、攻略、队友助攻等环节相互配合,打斗场面的描写极其铺张。凡此种种,与解决难题、打怪通关、以冒险和探索为主题的游戏模式颇多相似之处。这种游戏式的情节模式符合青少年的心理诉求,使故事情节充满挑战性——智力和想象力的双重挑战,叙述节奏紧张明快,环环相扣,读起来比较过瘾。另外,超侠的情节设计往往在结尾出现反转,制造出人意料的惊奇效果,这是谍战、推理等类型小说和电影的惯用技法,将悬念撑持到最后一刻,如满月之弓,始终蓄势待发。

超侠十分欣赏斯皮尔伯格电影的幽默感(个人觉得他应该也很喜欢周星驰电影),在自己的创作中也多有借鉴。《超侠小特工》每每在紧张刺激的打斗场面中夹杂幽默搞笑、无厘头的情节、对话,搞得反派形象不仅不可怕,还很逗,使原本恐怖惊险的情节满是喜剧氛围,读来妙趣横生,让人忍俊不禁。比如:N博士随手丢给他一个奶瓶,不知情的奇奇怪却以为那是什么神兵利器,拿着奶瓶一通大战,居然阴差阳错得胜归来;百慕大海底人木大墨向奇奇怪逼问"磁欧石"的下落,危急关头奇奇怪接了妈妈一个电话,于是大演苦情戏,惹得木大墨泪眼滂沱,无力下手;每次奇奇怪与各种怪兽对打的时候,总是边打边道歉、边打边吐槽,一点没有你死我活紧张战斗的意思,倒像是朋友斗嘴。甚至在准备赴死之前还有心情掏出手机自拍一张,哭丧着脸道:"就算是最后的留念吧!"小说中还有很多自带搞笑属性的人物形象,比如:神出鬼没的帅先生、有点神经的"智慧之脑"和名叫"无数艰难险阻"的科科狂三喽啰——吸血鬼、狼人、木乃伊。最可笑的要数魔鬼肌肉巨人,脚扎伤了贴个创可贴,还要用粗重缓慢的声音打广告:"科科狂牌创可贴,就是高!"这种既惊险刺激,又不乏幽默搞笑的写法,制造出一种过山车似的节奏变化。而且,喜剧性的描写也遮蔽了战斗的残酷性,使奇奇怪、龙玲珑拯救世界的超级大战少了血腥味,只剩下酣畅淋漓大战一场的游戏式的成就感和满足感。事实上,《超侠小特工》虽然写了很多大规模的战斗场面,却只有群体灾难场景的速写,从不涉及人物伤亡的细节描写,主角光环更是显而易见。对因果逻辑真实性的回避难免会影响叙事的深度,或许这是少儿科幻本身的特点决定的,当然也是超侠叙事风格的取舍策略。

超侠说:"情节上,我一般抓住三个要素来推进写作:悬疑推理、科幻和武侠,在这三个要素中适当加一些引人思考的东西。"在《超侠小特工》中,悬疑推理和武侠要素自不待说,本文前面已经谈了很多。再补充一点,武学高手龙玲珑的形象,大量武打动作、武打招数的描写("三人合一,天下无敌""科狂龟息大法"),明显融入了超侠对武侠的热爱。至于科幻,在《超侠小特工》里它是矛盾冲突的起因,悬疑谜题的答案和探险解谜的重要手段,它的比重决定了《超侠小特工》的归属——它是科学幻想,不是奇幻,也不是魔幻。《超侠小特工》写到很多科幻构想、科学发明,包括平行空间、植物思维、海底人、人造异形怪物、人机合一的"智慧之脑"、纳米黏菌液态系统、纳米液态金属机器人、次声波攻击、空间屏蔽、隐形平台、感应分子壁、生物能设备、"磁欧石"、机械和生物技术结合的巨型手臂,还有 N 博士研制的法拉第笼、贴纸电筒、超 VR 全息眼镜、头发共振器、弹力战甲服装、"挖掘战袍"等各种新式武器、装备。但是,超侠笔下有关科学技术的描写都不太具体,比较含糊。在他看来,这种写法的好处是将来不容易出错,"科幻作品里科少幻多反而可以突破时间的局限。科幻要软硬兼施才好,跳跃一点,如此生命力能够更长"。或许有人会说,超侠的科幻想象有低幼化倾向,为了追求儿童喜欢的神奇有趣的感官效果,有时失于粗疏迂阔,不够高端大气。比如:他经常让主人公钻进怪物腹中探险,还把巨型挑手鱼和魔鬼肌肉巨人作为调查局和科科狂的指挥中心,可是这种好看又好玩的科学设计好像并没有多少实用价值。的确,超侠的科幻想象有点孩子气,这是毋庸讳言的。但是,我们不要忘记,《超侠小特工》的主要对象是少儿读者,必然需要全面调整写作的内容和方式,包括科幻构想。而且,"吞入鱼腹"是存在于宗教、神话、民间故事、童话和文学作品中的古老而普遍的象征意象,比如大家都熟悉的约拿(《圣经》)、匹诺曹(《木偶奇遇记》)、孙悟空(《西游记》)的故事都有主人公被吞入腹中(铁扇公主肚子里)的情节。这个意象蕴含着丰富的心理内容和原型意义,难怪超侠如此钟爱它。

作为少儿科幻作品,《超侠小特工》能够充分调动少儿读者的兴趣点和想象力,提供新鲜愉悦、趣味盎然、充满期待的阅读体验。除了以上谈到的几个方面,《超侠小特工》在细节设计上也考虑到少儿读者的审美需求,比如章节末尾给出一些密码符号、脑筋急转弯和科学常识题,让读者解答,后面附有答案。

当然,审美快感只是超侠小说的直观层面。在想象力和智力游戏之中,超侠还悄悄播撒他对人性和世界的温暖情怀:责任与成长——奇奇怪加入调查局之后,承担多次特工任务,在克服困难、识破诡计与背叛的过程中,智慧、意志和胸怀都得到锻炼,从一个调皮捣蛋的小学生,成长为一个忍辱负重、颇有大侠风范的孤胆英雄;同学之间的友情——虽然小明作为科科狂的间谍一次次背叛奇奇怪,但奇奇怪仍然愿意舍命救他,愿意给他改过的机会;搭档之间的义气——龙玲珑和奇奇怪多次遇险,磨合成一对配合默契、勇于为对方牺牲的欢喜冤家式的好搭档;普世性的母爱——母亲的一个电话瓦解了敌人的意志,化敌为友,救了奇奇怪;朴素而睿智的生命平等观——奇奇怪释放了百慕大海底怪人(蜥蜴人、鱼人、蛤蟆人),为人类与海底人的和平共处留下余地。另外,超侠的人物塑造虽然类型化,但并非扁平化,比较注重性格的复杂性。比如邪帝魔狂是一个妄想统治世界的大反派,可是为了拯救人类,他宁愿与亚特兰蒂斯海底人同归于尽,不乏英雄的一面。

少儿是特殊的读者群体,少儿读物需要照顾少儿的趣味和接受能力,也要兼顾价值观的正确引导。《超侠小特工》在这方面的努力值得赞赏。超侠借鉴游戏和电影手法,糅合悬疑推理、科幻和武侠元素,以画面感强、冲突激烈、幽默风趣、节奏明快的叙述吸引年轻读者,在拓展想象力和思维能力的同时,举重若轻地输入人文情怀。对于超侠来说,《超侠小特工》是他多样化写作之路上的又一重量级作品;对当代少儿文学来说,《超侠小特工》是少儿科幻文学的一个重要收获,我们期待它创造奇迹。

兼顾艺术性与思想性

——评张军《中华少年行之拯救神童》

明 木

《中华少年行》是儿童文学作家张军创作的少儿科幻系列小说。最近刚刚阅读了其中的第一册——《拯救神童》,深刻体会到作者的文学追求和良苦用心。

《拯救神童》的亮点可以从三个方面来概括:

一、文学性

张军是有着多年儿童文学创作经验的成熟作家。由于小学语文教师的特殊身份,他与孩子们频繁接触,非常熟悉小学生的兴趣爱好和日常用语。《中华少年行》的语言风格活泼流畅,十分幽默,可以随便以书中第41页的一处为例:

> "小狴兽可不是东西,他是小狴兽!"蓝姿伸出食指撩起小狴兽的下巴。
> "我当然不是东西,我是小——"小狴兽刚得意起来,眼珠子骨碌一转,反应过来,"嘿,不对啊,我是不是东西,都不对啊!"

这样的语言活泼有趣,很容易引起小学生们的共鸣。

《拯救神童》塑造了吴迪、蓝姿、小狨兽、项囊、项遇这几个少年形象。其中吴迪和项遇这两个形象颇为出彩。吴迪是一位科学家之子,他从小博览群书,电脑技术高超,组建了少年探秘师工作室。读完整篇小说,一个勇敢而机智的少年形象也跃然纸上。项遇是一名被父亲打造出来的神童,也是全校师生的骄傲,因此被捧得不知天高地厚。然而,过度的营销使他迷失了方向,没有了理想和斗志,以致辜负了所有人的期望。他与历史上的人物一起经历了一系列事情,也在这个过程中"拯救"了自己。

项遇是近些年少儿文学作品中较少见到的一类人物形象,填补了少儿作品人物画廊中的一大空白。

二、科幻性

张军在其作品《拯救神童》中注入了明显的科幻元素。依照人类现有的科技水平,是不可能实现时空跃迁的。作者在小说中塑造了一个特殊的来自外星球的高级生物——小狨兽。它在漫长的人类文明史上经历了数次冬眠,堪称无所不知、无所不晓的"百科全书"小精灵。而吴迪的爸爸作为一名科学家,专门研究时空传输,他发明的新技术可以将承载记忆和思维能力的人体通过量子传输到目标年代,然后再组合、复制。

就这样,吴迪与小狨兽通力合作,在小说中实现了时空穿越。

三、教育性

作者张军在小说的"楔子"里这样写道:"用我们的技术探秘中华历史中那些影响深远的先贤、圣哲,挑选最有正能量的神童往事,为当代少年寻找正向的榜样,引导少年从小立下凌云之志……我们真心希望你在读了故事之后,能像故事中的少年一样,眼中有星辰,心中有梦想,脚下有山河。"

通过短短的几行字，便能看到作者的良苦用心。他想通过书中少年的成长经历，为现实生活中广大少年儿童的成长指出方向，希望每一位少年都能成为心怀梦想的阳光少年。

小说的教育性还体现在多个方面：相当明显的科幻元素，能够激发小读者对科技发明的兴趣；颇为考究的历史细节，可以培养读者对历史的爱好，以及对数千年中华文明长河的浓厚感情。

中华人民共和国成立伊始，第一代儿童文学作家十分重视作品的教育性。《小英雄雨来》《宝葫芦的秘密》……这些作品摒弃刻板的说教，将人生道理融于生动的人物与精彩的故事情节当中，为后来的儿童文学创作打下了扎实的基础，提供了丰富的经验。20 世纪 80 年代，也曾有一批优秀儿童文学作家指出，儿童文学作品承担着塑造新世纪儿童性格的重要作用。但伴随着市场经济的发展，不少作家在追求商业利益的同时，忽视了作品的思想性与教育性。在这样的大背景下，《中华少年行》也就显得更加难能可贵。

邻家少年与神奇叔叔的真实科幻冒险

——评左文萍《少年原野科幻探险系列》

超　侠

每一个少年,在平凡的生活中,都会有一个在天马行空的科幻世界中破解神秘谜题、解决奇异案件的探险之梦,而带着我们一起去经历重重悬疑与冒险的,是一个比爸爸更像朋友,比哥哥更加成熟,比同学更加聪慧,几乎无所不能,却需要我们在关键时刻帮他一把的神奇叔叔。我们跟着这位亲切的、精通各种知识、能解决各种麻烦的叔叔,一起上天入地,一起寻找天外陨石,一起推理杀人凶手,一起追溯远古文明,一起与外星人亲密接触……这样的童年,实在是太惬意了!

拿起青年少儿科幻作家左文萍的《少年原野科幻探险系列》,我很难想象,这是一位纤弱的女孩写出来的男子汉式的硬科幻冒险作品,她将男孩的心思、心理、心愿都拿捏得死死的,令人忍不住以为她是个假小子。我几乎是一口气看完了整个系列6部——《原野时空》《宝石幻境》《怪物危机》《时间猎人》《黑洞回音》《梭罗密码》,她用老道、简洁,又不乏优美的文笔,以大格局、大气象、大手笔,构建了一个全世界多重的地域冒险,又用大幻想、大脑洞、大跳跃,搭建了多重核心科幻与科学推理的世界。全书颇有《少年卫斯理》《夺宝奇兵》《X档案》等冒险探秘电影的综合叠加风格,丝丝入扣,娓娓道来,以冷静、扎实、克制的描写,刻画出性格各异的角色,勾勒出一个令人信服的、颇有写实风格的科幻冒险世界。阅读之后,你会认为,这个男孩原野就是你曾经认识的那个邻家男孩,甚至就是那个曾经普普通通,却充满好奇心和想象力的你自己,你同样会以为有一个什么都受到爸爸妈妈重视的姐姐或者妹妹,有一个能够带着你一起玩的偶像——费林叔叔。

许多少儿科幻冒险小说,每次都只会设计一个科学点,或者科幻点,但在《少年原野科幻探险系列》中,作者的点子层出不穷,一个科幻点子扣着另外一个科幻点子,又以科学认知来解决问题,最后编织成一个丰富多彩、蔚为壮观的科学之旅。而每一部与其他部,又互相勾勒、联系,形成了一个基于现实、令人信服的幻想世界。正如金庸的武侠世界,郑渊洁的童话世界,明知是假,却禁不住相信。刘慈欣曾经说过:"任何好看的科幻,看上去都和真实无异。"《少年原野科幻探险系列》基本上做到了这一点。我们能看到作者如何精心构造一个看上去普通,其实又不普通的家庭,再一步步发生各种神秘的危机,再由孩子和叔叔,一起通过种种冒险,来解决问题,揭示科学真相。作者的谋篇布局相当成熟老道,既不夸张,也不会太过简单,一切都往实里去写,细节的真实性,人物的真实性,心理的真实性,将那些玄奇宏大的想象,以科普科幻的方式,亦真亦幻地结合呈现,形成了一种扎实、朴实、充实的风格。且在一次次的冒险过程中,原雪和原野姐弟俩经历青春危机,成长成熟,这些都能深入心灵,引起思考和感动。

作者在这个系列的每一部里,都巧妙地设置了一个"麦高芬",第一部寻找的是陨石,第二部寻找的是四颗不同颜色的宝石,第三部寻找的是梦境里的真实,第四部寻找的是水晶头骨,第五部寻找的是黑洞,第六部寻找的是梭罗的密码。通过结构性的设置悬念,作者将一个个核心科幻的创意概念与真实科技前沿知识做了结合,可以说是少见的硬核少年科幻。像《原野时空》里,就讲述了多个科幻概念,从四维空间到恐龙复活,从深海文明到地心来客。而《宝石幻境》中,则在寻找宝石的过程中,将祖母绿、欧泊、鸽子血、猫眼石、黑珍珠等科普给大家,又以时空重置、幽灵船等概念进行悬疑阐释。《怪物危机》里,则设计出了梦境重建、超级基因融合的巨型水母、岩浆虫、黑丝太岁、外星黏菌等科幻想象。《时间猎人》里,则将平行宇宙、自我副本、雅罗古城文明等科幻概念引入。《黑洞回音》里,将人脑神经和银河黑洞进行比对,引入了环地空间站、恒星内外结构等科学知识和科幻构想,作为真相的解释。《梭罗密码》则设计了将文学艺术与多重叠加宇宙、可以穿越时空场的白藻、行星毁灭者等相结合,形成了复杂、多解的科幻构思与意象。

另外,整个故事的场景变幻,非常华丽,我们时而来到云南大理的蝴蝶泉,时而又来到意大利的西西里岛,时而进入天坑,时而又到大溪地的珍珠岛,突然又来到北极圈约克镇,甚至是进入地下世界中的雅罗密城,再来塔拉火山岩浆房,要么是深入意大利亚平宁山脉深处的中微子观测站,要么来到北美梭罗的画眉森林,也能瞬间到达掠食者地球或者白藻地球……作者将这些广阔的场景,巨细无遗地展现。就像凡尔纳写《地心游记》会详细描述路线、需要多少粮食、需要多少天,作者对这些真实与虚幻的场景,也进行了大量的考究、研究、探究,各地不同的食物、天气变化、人物的神态语言,都被描述得淋漓尽致、深入细致、趣味别致。

尽管一部作品里,地域场面多变,科幻想象多叠,科普知识多样,作者却能处理得井井有条,不徐不疾,没有压缩感,没有肥厚感,也没有累赘感,而是能恰到好处地将叙事、描写、情节、人物、文本和内涵,都做到了一个有效、有机、有度的平衡。

纵览整个系列,可以说作者从写作技巧上,从科幻创意上,从思想深度上,都做到了向雅俗共赏这样的境界迈进,也是近年来少年科幻冒险小说中,风格突出、极为亮眼的一部作品,期待能早日看到它的后续之作,相信未来这个系列能成为少年科幻小说中的一颗更加璀璨的明珠,获得全世界青少年读者的喜爱。

让小读者在科幻美学中畅想未来

——评李姗姗《机器女孩》

奉学勤

李姗姗创作的神奇与活力四射的《面包男孩》,获得了"中国好书""优秀儿童文学出版工程"等诸多荣誉。这一次,李姗姗的新作《机器女孩》,大胆延续了她在幻想文学创作上的优势,成为她儿童文学创作生命中首部少儿科幻作品。

当代科幻异彩纷呈,一部优秀的少儿科幻作品的根基依然需要建立在肥沃的文学品质上,才能建筑起科幻这幢大楼。李姗姗的这部《机器女孩》,我能看到她把幻想、小说、诗歌、散文、科学等多类型元素融入得自然有氛围。

李姗姗的笔力婉约细腻,文风机智灵动,情感在反转中饱含深情,更不乏哲思阐述。如果将这部作品定义为李姗姗的转型之作,可谓匠心独运,水到渠成。

这个机器人有什么不一样?

能被孩子认可拥抱的故事,总会出现一个亲切动人、让人牵挂不已的人物。在《机器女孩》这部科幻文学中,令人炫目的科幻场景和悬念四伏的情节推动是一大亮点,深入童心的人物形象塑造更让人眼前一亮,尤其是主人公机器女孩秦小镁。

在既往的观念中,"机器"与"女孩"是绝缘的,而李姗姗用"机器"赋予了"女孩"不一样的能量。这个代表了前沿科技水平的智能机器人秦小镁,有着聪明的大脑、灵活有力的身躯、靓丽的外形,她服从机器人定律,既擅长写诗、画画、长跑、考试,会自主学习,还能够做各类家务劳动,帮助和保护同学和家人,这难道不是孩子心目中渴望的理想的机器挚友的形象吗? 主人公人物设计的巧妙,恰好是李姗姗多年来为儿童写作中的儿童思维与儿童视角的经验累积。

超前思考:人类与机器人如何和谐共生

李姗姗并不止步于创作出一个能迷倒小读者的机器人,而是深入探讨了科幻领域中机器人题材的一个先锋话题——当人工智能发展到无限接近于人甚至超过人类时,人与机器人应当如何和平共生?

故事中的机器女孩秦小镁从诞生到融入家庭、学校、社会,都似导火索般引发了一系列冲突,因为她不再是冷冰冰会思考的机器,而是具备了人性——感情。

机器女孩虽然符合隔着书本的读者的审美期待,但在未来的现实生活中并不轻易被大众接受:除了设计出机器女孩的智能专家、博士妈妈秦以菲对机器女孩有着超越人际的亲情关爱外,机器女孩每一次展露出的超凡脱俗都让身边人惊骇不已。智能机器人对人类是威胁,还是竞争对手?

这种不安全感其实就是李姗姗在本书中提出的科幻命题,对未来人类即将面临的机遇与危机并存的技术手段的思辨,这些思考隐而不露,却显示出作者李姗姗早已领悟到科幻文学的独特魅力:合理的科学推想,坚实的技术细节以及技术高速发展后人类何去何从的超前思考。

科幻命题中的中国味道

《机器女孩》还有一道灿烂的光芒——一半是充满科幻感的未来世界,一半是充满师生情、同学友情的未来校园生活写照。浓浓的中国家庭味和生活味交织的炽热温情,让《机器女孩》这部科幻作品增添了十足的中国味道。

这原本是代表李姗姗多年来书写儿童故事的个人特色,却为这部科幻作品注入了一股新鲜血液。李姗姗用具有中国特色的城市地标与家庭亲情打造出的中华科幻美学体系,让中国的小读者从小能在熟悉的文化背景中畅想未来,这样的科幻佳作,适合每一个小读者品读。

《机器女孩》的创作与面世,与我国人工智能的高速发展紧密相关。青少年人工智能教育已成为教育领域的新兴优势学科,希望广大小读者能在儿童作家李姗姗真诚温暖的带领下,唤醒想象力与创造力,喜欢科幻,热爱科学。

未来心灵的辩证"探测"

——徐彦利少儿科幻作品欣赏

崔昕平

精读徐彦利的作品,始于《我的四个机器人》与《心灵探测师》。前者获第九届全球华语科幻星云奖"最佳科幻电影创意奖",后者获第十届全球华语科幻星云奖"中长篇少儿科幻金奖"。徐彦利本人,同时从事科幻文学研究,她的《中国科幻史话》获第十届全球华语科幻星云奖"非虚构奖"。既从事研究又从事写作的履历,标识了徐彦利科幻文学的创作基准。这部中篇小说合集,也确实呈现了一位学者型作家的富有辩证之思的少儿科幻表达。

合集所收入的四篇作品,质量均衡,题材各异。《我的四个机器人》讲述了男孩"文明"与四个机器人的共同生活与思想成长。《心灵探测师》是一个以外星人入侵为背景、以身体互换为手段展开的心灵故事。《鬼点穴》遥想了医学界冷冻患者等待未来医学发达后的治疗。《魔鬼之吻》放大了当代人类面临的愈来愈普遍的"过敏症"问题。作品朝向科技发展的未来预设,再一次如20世纪风靡读者群的《小灵通漫游未来》一样,为少儿读者描绘了富有科学魅力的未来图景。作品假想了未来生活的诸多细节,物质的极大丰富,医疗的高度发达,寿命的翻倍延长,生命的基因选择,未来农业的发展,日常的交通方式,金融方式,信息交互,房屋样貌等方面,充分展望了科技可能为人类创造的更加美好的未来。

与此同时,作家以儿童化的语言,以科幻的背景,承载了丰富的人性思考。细读四部作品，可以深刻感受到，徐彦利的创作是真挚的，有感而发的。作品中常有触动人心的金句，融入了作家对人生、对科技、对未来的思辨。作家借助科幻的情境设置，探讨人性深处的心灵故事，推想人类未来的生存法则。

作家专注于情感、心灵世界的探测，将人类的情感问题设置在科幻促成的极端情境之中，表现人物的心灵际遇，展现人类灵魂深处的善恶取舍。《心灵探测师》中，借助 K 星人入侵的科学幻想，演绎了不少世界末日类故事中推测的可能模式。作为 K 星人的测试者，作品假想了两个极端社会阶层——极度贫穷和极度富有的两个孩子身体互换的情感经历。颇具意味的是，这一次，富人之子并非不堪一击哀号沉沦，穷人之子也并没有心怀悲悯乐善好施。反之，富人之子发现了自我努力的意义，穷人之子却产生了贪念与惰性。极端的互换下，美丑的边界变得模糊难辨。同样的心灵困境，在《鬼点穴》中也被描绘。身患"渐冻症"沉睡 120 年苏醒的"伊墨"，面对的是作为医学标本供人类研究，还是尽快医治获得健康的两难选择。这是个体利益与群体利益的抉择。作为接受手术并恢复健康的渐冻人，他理应如此却因自己的自私而感到羞耻；当科学狂人喊出"医学是神圣的，所有人都应该为它无条件付出"时，我们又并未感受到正义，而是可怕的、非人性的冷酷。善恶的标尺再次陷入新的考量与思索。

徐彦利的作品常常是具有批判现实主义精神的。在《我的四个机器人》中涉及了与机器人的心灵交互。《我的四个机器人》的科学幻想非常出彩：男孩"文明"与四个机器人共同生活，在第一个机器人身上收获了超越人类所能给予的满足与幸福，在第二个机器人的帮助下生存成长，在第三个机器人的带领下重新感受生活的意义，在第四个机器人、克隆自己获得的"文化"面前实现了自省。作品在展望科技的魅力的同时反思人类的"人性"边界。"我"对机器人限定了忠诚，但因为对机器人缺乏尊重缺乏爱，导致了第一个机器人与第三个机器人的报废。机器人的全力付出，没有得到人类的回馈。文化的出现，具有浓重的警示意味。机器人拥有智能升级的能力,又有着严格编码的程序,可以遵照要求不断自我完善,那些在人类身上永远无法改掉的恶习,只需一句批评便可永不再犯。于是,机器人文化朝着应然与理想态一路狂奔,将受主观情绪支配的人类远远甩在了身后。机器人远超人类,却并未获得人类的尊重,于是,文化策反了机器人。机器人智能高度发达后袭击的设想,曾出现在多部科幻作品中。而徐彦利的着眼点,更多地放在了人类态度的反思,面对未来可能出现的、除了不能生育没有法律权利外和真人毫无二致的机器人,人类是否显现了某些自私冷酷的暗黑面?

作品一方面具有与少年读者充满亲和力的语言表达方式,另一方面,却有着关于人类、关于人性、关于善恶是非标尺的辩证之思。这恰恰是科幻文学的使命之一。现实与幻想的殊途,警醒人类不要妄自尊大,对宇宙、万物、未来,对一切,心怀敬畏。

《野人寨》的矛盾冲突带着读者成长

文 杰

彭绪洛老师的最新作品《野人寨》,讲述的是神农架原始森林深处,有一片与世隔绝的神秘区域,那里在卫星云图上永远是雾蒙蒙的一片,人类一直没有机会目睹这一带的真容。这个神秘之地正是野人生活的区域——野人寨。以河为界,野人寨分为河东部落和河西部落。本来野人寨的人们平静地生活着,可是因为一个人意外闯入,打破了野人寨的平静,并且揭开了野人寨神秘禁地的秘密,由此,给全人类带来灾难的潘多拉魔盒被打开。野人寨的长者最后牺牲自己,平息了这场灾难,可平静的生活再也没有回来,一艘太空飞船在野人寨附近降落,带来了一系列的风波和麻烦,野人寨的存在眼看无法瞒住世人,野人们的生存危在旦夕。

作为一部科幻探险主题的儿童小说,为了吸引儿童注意,作者设置了一定程度的矛盾冲突,俗称正邪双方。在正邪较量的过程中,儿童得到成长,正义得到彰显,邪恶受到惩罚。出于对儿童的保护,大部分儿童小说都需要走向圆满的大结局,因为故事的结局大致可以判断,所以过程就需要更加精彩,在《野人寨》这部作品中,探险的难度层层递进,孩子的成长也是日益明显。但《野人寨》的冲突远不止于表面的正邪双方,《野人寨》文本背后的冲突可以深入分为:文化冲突、代际冲突、生存冲突。

1.古老东方文化和现代西方文明的文化冲突

在野人寨中,野人们的名字多为复姓,如轩辕、东方、东里、方雷等,即便不是复姓也是非常古老的姓氏,如方雷天佑的妻子姬如水,姬、姜、姚等带有女字旁的姓氏带有母系氏族的印记,都属于非常古老的上古姓氏。甚至连入侵者戴云杰的姓氏戴姓,也非常古老。

这些古老的姓氏代表着野人早期与普通人类是同宗同源,因为核战争而让他们受到辐射成为长有长毛的大块头。他们在野人寨中继续繁衍,将原始农耕文明完好地保留了下来,这种农耕文明是东方式的与土地和谐共处的关系,人类只是自然中的一个部分,并不能凌驾于自然之上。"只有一个地球",成为这部小说背后的主旨,爱护环境保护地球这样的重任最终交给了代表东方文明的野人寨守护。

2. 单纯善良的儿童与复杂阴暗的成人间的代际冲突

野人寨里的人物性格直爽单纯,象征着单纯善良的儿童。即使方雷家族的首领要夺野人寨的统治权,但前期并未使出的那些阴险狡诈的计谋,野人寨的矛盾直到戴云杰入侵才被激化。相较于戴云杰带来的斗争,野人寨里曾经的矛盾和冲突都是小儿科级别的,而戴云杰充满了对绝对权力的病态渴求、对霸凌他人的强烈渴望,这样变态的野心和贪欲,是不会出现在儿童世界里的。

儿童与成人,谁代表纯洁、谁代表邪恶,是值得思考的。但是也正因为成人世界的入侵,儿童才开始迅速成长起来,东方书文和方雷智,他们是成长得最快的两个少年。他们在崇尚武力的世界里,一个是弱小的"书文",一个是不起眼的"智",但最终也是他们二人带领大家发现了终极真相。少年的成长,离不开书和智,人类的成长,离不开代表过去的历史和代表未来的智慧。相对于未知的未来,今天的人类就是少年,选择什么样的发展方式,需要全人类共同思考。但是成人世界被太多琐事干扰,大家关心眼前的房价车价油价,却不太关心未来。所以作者企图唤醒儿童关心地球关心未来,儿童才是我们的希望。

3. 有限地理环境与人口剧增需求的生存冲突

野人寨里分东寨和西寨,东寨种木薯,西寨种秫米,由于人口增多,西寨开始选择焚林筑田。这是典型的自然资源之争。人与自然争夺、人与人争夺,这正是今天地球所面临的困局。发达国家向不发达国家倾轧、不发达国家向自然倾轧、人类向动物倾轧。

野人寨则像作者心目中的桃花源,保留了他认为美好的生活方式:有野外探险的精彩,又有一定程度的人类文明;既有古老的首领制度,又存在合理的挑战。这是一个充满自然气息和先进人文精神的梦幻家园。

结束语

儿童虽然弱小,但他们需要的不是全方位的保护,他们需要的是成长。除了体魄的成长,更需要精神的成长,这才是儿童探险的意义。每个儿童都是不同的,我们要善于发现儿童的闪光点,比如东方书文和方雷智,并不是传统意义上的"男子汉",但他们就不勇敢吗?他们特别勇敢。可见,勇敢并不只表现在体魄上,而更表现在精神上。所谓"阳刚之气"正是一种责任感和道义感。毕竟,只有富有探险精神的孩子,才敢于探索未知的世界。

并非典型的典型青少年科幻

——评马传思《蝼蚁之城》

郭 伟

　　科幻作家马传思的《蝼蚁之城》是一部写给青少年读者的青少年科幻小说。

　　作品中的主人公马思齐和他的小伙伴苏姆、赵妍、刘小菀都是冷湖镇的初中生，叙事进程也围绕着这几个人物展开。故事始于沙漠小镇平静的日常生活，继而发生了不可思议的灾变，被卷入其中的主人公和他的小伙伴，一方面充满探索未知的好奇之心，另一方面不畏艰辛、勇于承担，展开了一系列动人心魄的历险。整部作品情节引人入胜，科幻设定难易适中，符合初中生读者的阅读偏好和理解能力。通读小说后不难断定，这的确是一部典型而优秀的青少年科幻作品。

　　然而，倘若暂且放下"青少年科幻"这个标签，仔细品味揣摩，却会发现这部作品中很多并非典型之处，溢出了"典型青少年科幻"的边界。试从如下两点论之。

　　首先看作品的结局。小说末尾其实并未提供一个"大团圆"式结局。人与蚁终于还是在30年后开战，而"人类提升之路的大门"也就此关闭。成年之后的马思齐，作为人类成员中唯一心忧天下的能者与智者，纵横捭阖于人、蚁两族之间，却终不能以一己之力力挽狂澜，令读者扼腕不已。就连最后那幅闲云野鹤、悠然南山的超然画面，也只是出现在赵妍的梦中，聊以抚慰读者，难掩怅然之味。这远非圆满的结局，与一般而言的"青少年科幻"迥异其趣,倒是多了几许沉郁顿挫的意蕴与悲天悯人的情怀。另外,从人物情感归宿的微观层面而言,马、赵二人最终也未能结伴,正如《三体Ⅲ》结局中程心与云天明终不成眷属。枉自嗟、空遗憾,一反"幸福生活在一起"的典型套路。

再来看作品中的科幻设定。太阳耀斑猛烈爆发,人类文明严重受挫,与此同时,蚂蚁种群产生异变,获得智与能的巨大提升,"踏上了一条新的进化之路"。最终,蚂蚁文明凭借由信息素网络强化的集体智能,赶超了人类文明。如前所述,这个科幻设定清晰明确,易于理解。然而,倘若穿透表层,深入考察,却会发现作品并没有为此设定提供明晰的终极阐释。疑团四处散落,神秘的胚囊、神秘的雾气、神秘的古菌、神秘的沙丘魔怪、神秘的哈尔肯、神秘的银心暗星、神秘的"神",这一系列概念或意象并没有串珠成线,导向事件背后的"原理"与"真相",而是留下无解的空白。作品科幻设定的内核,自始至终悬而未决。而整部作品的气质也因此更近于阿瑟·克拉克的超验与空灵。这种风格在青少年科幻小说中恐怕是不常见的。

典型还是非典型?笔者由此想到类型的悖论。类型是理论化的产物,而任何理论化过程,在面对每一具体个案时,必定会无视其不可化约的异质因素,进而不无武断地摘选共性、分门别类、理而论之。理论化当然是研究的必经之路,然而"理论是灰色的",倘若固守类型的标签,将其视作不可逾越的界线或界限,无疑会得不偿失。

不论"青少年科幻"还是"科幻",甚或"文学"本身,都只是描述性的便宜之称,而非规定性的框架条律。从阅读、评论与研究的角度来讲,不拘一格的文本更值得关注;从创作的角度来讲,任何具体作品都是拒绝规训的。

对于科幻,唯有枝蔓丛生,方能生生不息。